KB105120

마스터 K 18

김광수 현대 판타지 장편 소설

초판 1쇄 찍은 날 § 2013년 12월 26일
초판 1쇄 펴낸 날 § 2014년 1월 2일

지은이 § 김광수
펴낸이 § 서경석

편집부장 § 권태완
편집책임 § 어정원

펴낸곳 § 도서출판 청어람
등록번호 § 제1081-1-89호
등록일자 § 1999. 5. 31
어람번호 § 제1-1743호

주소 § 경기도 부천시 원미구 심곡2동 163-2 서경B/D 3F (우) 420−822
전화 § 032-656-4452 팩스 § 032-656-4453
http://www.chungeoram.com
E-mail § chungeorambook@daum.net

ISBN 978-89-251-3643-1 04810
ISBN 978-89-251-3073-6 (세트)

마스터 K

18

김광수 현대 판타지 장편 소설

FUSION FANTASTIC STORY

CONTENTS

제1장
따봉

마스터K

"후우 후우 후우 후우!"

턱턱턱턱.

규칙적인 발걸음이 러닝머신 속도에 맞게 움직였다.

"좋습니다. 폐활량 최대치를 측정할 예정이니 뛸 수 있는 만큼 빠르고 또 오래 뛰시면 됩니다."

'이 사람들이 날 뭘로 보고!'

거의 똥개 훈련시키는 모드다.

말로만 듣던 메디컬 테스트.

샌프란시스코 자이언츠 소속 팀 닥터들과 한국에서 만났

던 스카우터 루니가 대기하고 있었다.

제시카를 포함한 십여 명의 인원이 나의 똥개 훈련 과정을 감상했다.

아침도 거른 채 LA에 위치한 대형 병원으로 나를 데려왔다.

도착하자마자 체력 테스트를 비롯해 여러 가지 검사를 실시했다.

MRI 검사를 통한 전신 스캔.

통증 검사 및 투수에게 가장 중요한 팔꿈치 손상 여부.

온갖 정밀 검사가 진행되었다.

그리고 마지막으로 지금은 달리기 능력을 테스트 중이다.

그야말로 메이저리그 야구장 풀밭을 얼마나 잘 뛰어다닐지 체크하는 것이다.

'그래, 한번 달려주마.'

현재도 시속 14킬로 정도 되는 속도를 유지하고 있었다.

하지만 더 빠른 속도로 뛰어보라고 주문을 하는 팀 닥터들과 관계자들.

제각각 서류철 하나씩을 들고 나의 몸에 연결돼 있는 여러 기계들에서 전송되는 수치를 측정했다.

터더더더더더더.

속도를 더 내 가속도를 올렸다.

터더더더더더더더더더더.

이런 것쯤 문제도 안 됐지만 놀랄까 봐 상황을 좀 느슨하게 한 것뿐이다.

설악산에서 미친개처럼 뛰어다녔던 나.

제주도 초지를 뛰는 말 근육의 진수가 나의 몸 상태라는 것을 알 리 없는 이들.

"……!!"

"오!!!"

러닝머신 전자판 숫자가 바뀌기 시작했다.

순식간에 시속 20킬로를 가뿐히 넘어가자 서서히 관계자들이 술렁이기 시작했다.

'이래 봬도 설악산에서 이슬만 먹고 뛰던 놈이라우.'

놀라움이 비치는 이들의 시선을 외면한 채 잠깐 속도를 유지했다.

나는 물 한 사발 들이켜고 설악산을 뛰어서 주파하던 남자였다.

이 정도는 약과.

터더더더더더더더더더더더더덕.

미친 듯이 발을 떼었다.

먹잇감을 쫓는 치타처럼 달렸다.

"오~! 마이 갓!"

"지저스!!!"

"크레이지!!!"

너 나 할 것 없이 관계자들이 탄성을 터뜨렸다.

아직 시작도 안 했는데 지켜보던 그들이 벌써 숨이 찬 듯 했다.

지친 기색이라고는 찾아볼 수 없는 나의 모습을 보며 신음을 연발했다.

이쯤 가뿐히 시속 25킬로를 넘겨주었다.

터더더더더더더더더더더더덕.

그들이 놀라 숨이 차 뒤로 자빠져도 상관없었다.

오랜만에 마음껏 달려보는 이 기분도 나쁘지 않았다.

넓은 평원을 상상하며 암말을 쫓듯 달렸다.

멈추지 않는 러닝머신을 푸른 초원 삼아 희롱할 만한 암말을 찾는 야생마라도 된 기분이었다.

계속되는 빠른 피치에 대형 러닝머신이 용을 쓰며 버티는 듯했다.

위이이잉 위이이잉 위이이잉.

"스, 스톱!!!"

한창 기분을 내고 있을 때 귓속을 파고드는 외마디..

위잉 위잉 위잉.

높아지던 숫자가 줄기 시작하며 속도가 떨어지는 러닝머신.

터더덕.

달리다 만 기분처럼 내 걸음도 느려졌다.

"폐활량이 엄청납니다! 수영 선수 저리 가라입니다. 아니, 그 이상입니다."

하얀 가운을 입고 가슴팍에 레이먼이라는 명찰을 단 의사가 손을 치켜들며 놀라웠다.

"루니, 다 끝난 거죠?"

"물론이야! 제시카, 고마워. 이런 보물을 안겨준 것에 대한 은혜는 잊지 않을게. 평생 말이야."

"루니, 그 보답보다 먼저 오라이언 사빈 단장에게 연락해주세요. 민은 바로 게임에 참가하고 싶어 해요."

"하하, 걱정 말아. 결과가 거의 다 나왔으니 곧장 단장님께 연락할 거야."

"베어 구단주께서는 아직 관심이 없나 보죠?"

"제시카, 구단주께서도 특별한 관심을 표명하셨어."

"그래요? 그럼 바로 메이저리그에 직행할 수 있겠군요."

"그건……."

"후우 후우."

숨이 차거나 한 것은 아니었다.

하지만 일부러 숨을 고르는 호흡을 했다.

물론 그 와중에도 들을 건 다 들었다.

'완벽하게 제대로 짜내야 한다. 이건 장기전이 아니다.'

역사상에도 없었던 전무후무한 스포츠계의 파란을 만들어 보일 것이다.

잘나가는 야구 선수에서 하루아침에 골프 선수로 종목을 바꾼 첫 번째 스타.

만인의 눈에는 하루아침으로 비칠 것이다.

스타라는 자리는 어차피 대중의 사랑을 먹고사는 존재.

그들의 사랑이 바람 불면 일어섰다 바람이 잦아들면 허물어지는 파도와 같다.

아무리 그렇다 할지라도 스타에게는 그런 대중의 사랑이 절대적일 수밖에 없다.

나로 말할 것 같으면 내용물도 훌륭하고 포장도 완벽할 것이다.

거대한 파도처럼 움직이는 대중 앞에 더할 나위 없는 사랑을 받게 될 것이다.

"루니, 되도록 서둘러 줘요. 머물 곳을 구해야 하니까 말이에요."

"알았어, 바로 통화하고 연락해 줄게."

"그리고 한 가지 더요."

"또… 뭐가…….."

"이미 통보한 바와 같이 계약과 동시에 입단식은 끝나는 걸로 해줘요."

"아! 바로 처리할게. 그런데 괜찮겠어? 입단식이야말로 평생 한 번 있는 축제인데……."

"그럼요~"

'입단식은 무슨!'

나를 두고 곱게 생각하지 않을 것이 빤하다.

이름은커녕 얼굴도 제대로 알려지지 않은 내가 아닌가.

고작 단 두 개의 투구수로 메이저리그 팀과 계약했다는 사실을 믿어줄 사람도 없을 것이다.

또 그런 사실을 구단 측에서도 알리고 싶지 않을 테고 말이다.

이 모든 것은 제시카의 능력 덕분에 가능했던 일이다.

물론 류 형님과 푸이그를 지역 라이벌인 다저스에 빼앗긴 것에 대한 심리적 변화도 영향을 주었다.

나를 영입한 일이 모두 나의 실력만을 전적으로 믿어서는 아니라는 것이다.

그러니 말도 안 되는 나의 요구 조건들을 모두 수용하면서까지 계약을 성사시킨 게 아니겠는가.

나를 길들이고 싶어 할 것이다.

메이저리그에 직행하는 게 원하는 바이기도 하지만 기대하지 않았다.

'상관없다. 내 일만 하면 된다.'

어디로 나를 처박아 넣어도 여기까지 왔으니 상관없었다.

기간은 짧다.

그 안에 승부를 봐야 하는 것을 감안할 때 불필요한 것들에 에너지를 소모할 필요는 없다.

내 할 몫만 최선을 다하면 그만이다.

실력이 곧 능력임을 보여줄 것이다.

사막에서도 모래를 팔아먹을 수 있는 능력.

알래스카에서도 아이스 바를 영업할 수 있는 한계를 넘는 생존 능력.

계약서대로 가면 된다.

세부 내용까지 면밀하게 작성해 놓았기 때문에 이제는 나만 잘하면 된다.

"다 됐습니다. 샤워실 가서 씻고 나오시면 됩니다."

파바밧.

'꽤 부담되는 시선이군.'

테스트를 받는 내내 신경이 쓰였던 시선들이 있었다.

분명 의사 가운을 걸친 관계자들이었지만 다른 사람들과

는 확연히 구분되는 눈빛.

짧은 트레이닝복 하의에 상체는 탈의한 상태로 러닝머신 위를 달렸다.

내가 봐도 완벽한 상체의 근육질 몸매.

여의사들의 눈빛은 노골적이었다.

분명 텔레비전 등을 통해 비치던 약물 복용 후 급하게 만든 근육들과는 차원이 다름을 전문가의 눈이니 잘 알 것이다.

식스팩을 넘어선 에이트팩.

복근부터 시작해 뼈와 뼈 사이에 자리 잡은 섬세한 근육 라인들.

게다가 탄탄하고 젊었다.

그렇다고 여성들이 혐오하기도 한다는 부푼 근육도 아니었다.

겉에 옷을 입게 되면 적당히 매력적인 몸매로 보이는 정도였다.

"민, 다 끝났어요. 배고프죠?"

여타 관계자들을 무시하고 나에게 바짝 다가서는 제시카.

힐끔거리듯 쳐다보는 여의사들과 행정요원들 앞에서 제시카의 미모는 우월하게 빛났다.

"하아."

그쯤 관계자들 사이에서 들려온 소리.

스윽.

제시카가 새하얀 가운을 내 어깨 위에 걸쳐 주었다.

찡긋.

'누님~ 그러면 그렇지.'

매너 있게 챙겨주면서 재빨리 나의 위아래를 훑으며 한 쪽 눈을 찡긋해 보였다.

관계자들을 등지고 나를 향하여 선 제시카.

명백한 유혹이었다.

"루니, 빠른 소식 부탁합니다."

나는 시선을 돌리며 루니에게 말했다.

"알겠네. 한 시간 이내로 통보해 주겠네."

팀 닥터들과 머리를 맞대고 의견을 나누던 루니.

그가 자료를 챙겨 받으며 대답했다.

루니 역시 속이 탈 것이다.

내가 잘돼야 그 역시 성과급이라도 한 푼 더 받을 수 있 기 때문이다.

'그건 그렇고 무슨 말일까.'

테스트를 받기 위해 막 이곳에 도착했을 때 문자 한 통이 들어왔다.

내 이름이 포털 사이트 검색 순위 1위에 올랐다고 했다.

대한민국을 대표하는 포털 사이트 네이것.

웹 검색 1위에 이름을 올린 것을 축하(?)한다는 짧고 진한 문자.

분명 류 선수가 경기를 하던 모습을 지켜본 국민들 중 나를 알아본 사람들이 많았다는 말의 반증처럼 느껴졌다.

'사실이라면… 그래, 소문은 퍼지라고 나는 거니까…….'

긍정적으로 받아들이자고 생각했다.

확실한 홍보 효과를 볼 수도 있었다.

하늘에 떠 있기 위해서 별들이 감당해야 할 일은 분명히 있을 것이다.

대신 별들의 일은 하늘에 떠 있는 것.

그때가 가장 행복한 순간.

지상의 수많은 사람이 밤하늘에 찬란하게 빛나는 별들을 바라볼 때.

그 순간이야말로 별들이 바라는 최고의 순간일 것이다.

"단장님, 확실합니다."

당장 루니는 단장에게 전화를 넣었다.

"기대 이상이 될 겁니다. 근력은 물론 폐활량도 대단합니다."

약간은 흥분한 상태의 루니.

"근육량도 장난 아닌 데다 뼈 상태도 잔 상처 하나 없이 완벽합니다. 피칭 테스트를 몇 번 해보고 바로 메이저리그에 투입해도 무리가 없을 겁니다."

이례적인 일이지만 제시카의 성화에 살짝 의사를 전달했다.

"그 정도인가?"

"네, 메일로 테스트 자료들을 첨부했으니 확인해 보시면 아실 겁니다."

계약 기간이 생각보다 너무 짧은 게 아쉬운 상황이었다.

그것을 감안할 때 하루라도 더 시간을 벌어야 했다.

형식적인 메디컬 테스트에 관한 보고를 많이 넣어본 루니.

이번은 상황이 달랐다.

더구나 스카우터가 직접 스카우트한 선수에 관해서는 책임을 지는 게 관례였다.

하루라도 빨리 직접 눈으로 본 강민의 진가를 시장에 내보이고 싶어진 게 사실이다.

특히 강민처럼 포트폴리오가 없는 상태에서 거금의 계약금이 지급되었다.

아무리 신인 발굴이 급한 상황이었다 해도 이 정도 되면 구단에서는 스카우터의 판단을 신뢰한 만큼 그 책임도 물을 게 뻔하다.

루니가 흥분할 수밖에 없는 것도 당연했다.

여러 가지를 따지지 않았다.

테스트라고 해봐야 달랑 공 두 번 던진 것만 봤다.

그리고 진행한 계약이었다.

물론 로얄그룹 상속녀 중의 한 명인 썬라이징 에이전트 부사장 제시카의 영향이 컸다.

그녀의 보증이 있었기 때문에 과감하게 밀어붙였다.

결과가 좋다.

정확한 구질과 투구 패턴.

더 분석을 해봐야 하겠지만 직구와 슬라이더만으로도 메이저리그 선발감으로 충분했다.

루니는 자신감에 부풀어 있었다.

이번에야말로 제대로 스카우터로서의 입지를 확고부동하게 못 박을 수 있게 되었다.

"루니, 직행은 힘들어."

"네? 힘들다니 그게 무슨. 지금 팀 내 선발진들이 무너진 상태입니다. 이만한 대안이 없습니다."

"구단주께서 불편해하시네."

"네? 그게 무슨 말씀입니까? 단장님께서 어느 정도 전권을 가지고 계시지 않습니까?"

"나도 월급쟁이야. 다른 건 다 괜찮은데 옵션 조항 때문에 심기가 불편하신 모양이야. 알잖나. 내세울 것도 없는 신인 주제에 그런 조건을 내걸다니 그럴 만도 하시지."

"그게 무슨 상관입니까. 거품이 끼어 있다면 로얄 썬라징 측에서 전부 책임지기로 돼 있습니다."

"아직 전반 경기가 끝나지 않은 상태야. 그런 상황에서 실력도 검증되지 않은 선수를 올려 보낸다면 다른 선수들의 반발을 살 수 있어."

"그럼… 마이너리그로 보낸다는 말씀입니까?"

"맞네."

루니는 눈앞이 노래지는 것 같았다.

예상했던 시나리오에서 한참 벗어나 버린 것이다.

"자네 안목도 있고 메디컬 테스트도 통과했다고 하니 더블A부터 시작하는 걸로 하지."

"단장님, 그건 안 됩니다!"

이대로 물러설 수는 없었다.

모든 면에서 강민을 마이너리그로 보내 버리면 판단 미스가 된다.

"무슨 문제라도 있는가?"

"구단에 엄청난 손해가 날 겁니다."

"손해 날 게 뭐 있나?"

"계약서에 명시되어 있습니다. 메이저리그나 마이너리그 상관없이 옵션 조항들은 동일하게 적용됩니다."

"하하, 루니. 정신 차려! 그 녀석이 정말 그 정도라고 생각하는 건가?"

"……"

"투수라면 몰라도 자신이 베이비 루스도 아니고 그런 얼토당토않는 계약서 옵션 사항 때문에 우리가 손해를 본다고?"

"단장님."

"하하하, 자네 많이 약해졌군, 루니."

"단장님, 꼭 마이너리그로 강민을 보내실 거라면 이번 한 번만 제 의견을 참고해 주십시오. 부탁드립니다."

"말해보게."

"최소 트리플A에서 시작해야 합니다."

"너무 과대평가를 하고 있는 게 아닌가? 97마일을 던지는 투수는 메이저리그에도 상당히 많아."

"패스트볼이 아닙니다. 슬라이더가 97마일입니다."

"고작 한 개 던졌을 뿐이지 않나."

"맞습니다. 하지만 충분히 한 개의 공으로 자신의 실력을 입증했습니다."

루니는 구단 측에서 강민에 관한 한 중요성을 인식하지 못하고 있다는 생각이 들었다.

그 생각이 들자 마음은 더욱 다급해졌다.

"역사상 그 누구도 고속 슬라이더를 던졌던 투수는 없었습니다."

단장의 몇 마디면 어느 정도 수긍하고 구단 측의 의견을 따르던 루니였다.

하지만 이번 강민 건에 있어서는 제시카를 빼고도 스카우터로서의 자존심을 걸고 움직이고 있었다.

분명 루니의 촉이 그렇게 말해주고 있었다.

평생 한 번 만날까 말까 한 대어라고 말이다.

할 수 있는 전력을 다했다.

강민의 성공이 루니의 스카우터 인생에 스포트라이트를 쏴줄 것이다.

강민과 한배를 탔다고 느끼고 있었다.

"루니, 자네답지 않아."

"전 봤습니다. 몇 번을 말씀 드렸잖습니까. 몸도 풀지 않고 투수석에 섰습니다."

루니는 처음 강민이 대한민국의 한강변 작은 야구장에서 공을 던지던 모습을 떠올렸다.

영화의 한 장면처럼 눈앞에 펼쳐지는 그때의 생생한 모습.

"슬라이더를 정확하게 스트라이크 존에 꽂아 넣는 그 모습은 완벽했습니다."

루니의 목소리는 낮고 조용했지만 힘이 실려 있었다.

"흐음……."

루니의 강력한 주장에 오라이언 사빈 단장은 신음을 흘렸다.

선수 수급의 전권을 갖고 있는 자리였다.

하지만 구단주 눈치를 안 볼 수 없었다.

"자이언츠의 역사를 새로 쓸 수 있습니다. 쓸 만한 투수와 타자들이 작년 월드 시리즈 우승으로 대거 방출된 상태입니다."

분위기를 틈타 루니는 다시 한 번 오라이언 사빈 단장을 설득했다.

"팀이 침체되어 있는 이 시점이 다시 한 번 팀에 활력을 넣을 수 있는 기회입니다. 그렇게만 된다면 다저스도 잡을 수 있습니다!"

단장이 예민하게 생각할 수 있는 라이벌 상대 다저스를 언급하기에 이르렀다.

자이언츠 구장에 다저스를 때려잡자는 문구가 공식적으

로 걸려 있을 정도로 앙숙 관계에 있었다.

"알겠네. 그럼 프레즈노 그리즐리스에서 시작하도록 하지."

"감사합니다!"

"자네 실력을 확실하게 증명해 보게. 올해는 대충 보낸다 해도 내년부터는 다시 시작해야 되네."

"알겠습니다. 걱정하지 마십시오."

시즌 초반이었지만 샌프란시스코 자이언츠는 시즌을 정리하고 있었다.

월드 시리즈 우승을 이끌었던 스타들과 유능한 선수들을 대부분 타 구단에 팔아버린 상태였다.

마이너리그에서 올린 시인들과 그저 그런 선수 몇을 조합해 놓았다.

그 상태로는 월드 시리즈는 고사하고 지구 꼴찌만 면해도 다행이었다.

"입단식을 고사했으니 정식 계약서는 쥬리안에게 곧장 팩스로 보내주겠네. 마무리 잘해주게."

"네, 알겠습니다."

"수고해. 올라오면 맥주나 한잔하도록 하지."

"일 마치고 뵙겠습니다."

메이저리그에서 각 팀의 단장 위치는 감독과 비교할 수

없는 대단한 자리였다.

구단주가 돈을 댄다면 단장은 그 돈으로 선수를 사고 스카우터를 움직이며 트레이드를 담당하는 실세였다.

반면, 감독은 선수들을 관리하는 조련사 정도라고 말할 수 있었다.

"그럼 끊겠네."

"네."

끼릭.

"푸이그 정도만 돼도 상품성이 될 텐데……."

다저스의 새로운 명물이 된 루시엘 푸이그.

류와 함께 신인들 중에서 본전 이상의 성과를 보여주고 있는 대형 스타였다.

그간 월드 시리즈를 3년 동안 두 차례나 우승하면서 승리에 있어서 무뎌져 있던 구단주와 지역 팬들.

대형 스타들이 빠져나가면서 흥미도도 함께 떨어질 수밖에 없었다.

하지만 이때 놀랄 만한 실력의 스타가 등장해 준다면 반응은 또 달라지게 된다.

극적인 상황에서의 반전은 대부분의 사람들이 동경했다.

월드 시리즈 우승 팀이 지역 꼴찌에 머물러 있다.

그러다 갑자기 엄청난 괴물을 등장시키며 승리를 이끌어

내는 것이다.

차갑게 식었던 열기는 다시 불처럼 타오를 것은 빤했다.

"그래도… 혼자서는 무리지……."

상황을 루니보다 더 냉혹하게 판단하고 있는 오라이언 사빈 단장.

조용히 고개를 저었다.

야구는 혼자만 잘해서 되는 게임이 아니다.

아홉 명.

아니, 25인 로스터와 감독과 코치 등등이 만들어내는 종합 예술이다.

베이비 루스가 등장해도 팀원들이 받쳐주지 못하면 승리할 수 없다.

이곳은 그런 곳이었다.

야구인이라면 모두가 꿈꾸는 구장.

메이저리그.

천재들만의 합동 놀이터였다.

"황량하죠?"

"하, 하하하. 아닙니다. 풍경이 제대로 이국적인데요."

'이런 된장, 여기가 미국은 맞는 거야.'

팀 배정을 받았다.

예상은 했지만 메이저리그 직행은 불발이 됐다.

자연스럽게 마이너리그 통보.

구단 자존심도 있을 텐데 실력 검증도 되지 않은 동양 선수에게 메이저리그 직행 티켓을 줄 리 없다.

그리하여 낙찰된 곳이 샌프란시스코 자이언츠의 트리플 A 팀 프레즈노 그리즐리스.

나의 첫 번째 메이저리그를 향한 데뷔 구장이 되었다.

"프레즈노 인구는 약 50만 명 정도예요."

제시카가 입을 열었다.

"보시다시피 황량한 사막 지대를 지나면 이렇게 대규모 농장들이 나타나죠. 캘리포니아 주 중앙분지 중심부로 2000년 대 초반에 미국에서 가장 가난한 주로 뽑히기도 했어요."

"지금도 사정은 별로 다른 거 같지 않은데요?"

"네, 대부분 농사를 짓다 보니 부유함과는 멀어요."

'미국에서 서른다섯 번째로 인구가 많은 곳이라더니……'

인구가 50만 정도라면 중소 도시 수준은 되었다.

게다가 미국 전체에서 서른다섯 번째로 인구가 많은 곳이었다.

제시카가 말하지 않아도 프레즈노 그리즐리스에 배정된

순간 정보를 수합해 놓았다.

관개설비가 돼 있어 사장 집약적 농업이 발달했다고 했다.

과일과 밀.

낙농 제품의 집산지.

또 세계 최대의 건포도 생산지라고 했다.

지금도 눈앞에 펼쳐진 것은 온통 아몬드와 과실수들이 가득한 너른 밭뿐이다.

도로를 가운데 두고 양쪽으로 펼쳐진 유실수들의 물결.

LA와는 전혀 다른 모습의 목가적 풍경이다.

"살기 좋겠는데요."

"네?"

'이 정도면 무릉도원 급이지.'

이래 봬도 설악산 골짜기에서 청춘을 보낸 나였다.

이런 곳 정도면 나쁘지 않았다.

물론 화려한 도시 생활도 반가웠지만 공기 좋은 시골도 괜찮다.

나의 입장이 찬밥 더운 밥 가릴 처지가 아니었다.

좀 더 숙성을 시킨 후 나를 성장시켜야 했다.

실력을 확인받은 후라면 알아서들 모시러 올 것이다.

나는 무거운 짐을 내려놓은 여유로운 사람의 눈빛을 띠

었다.

그리고 편안한 마음으로 스쳐 지나가는 풍경을 즐겼다.

"다음부터는 비행기를 이용해요."

"아닙니다. 자동차가 좋습니다. 거리가 얼마나 된다고. 하하하."

처음 나는 쿨하게 제시카의 제안을 거절했다.

'바로 옆 동네였는데… 몇백 킬로라니.'

LA에서 샌프란시스코로 가는 길목에 위치한 프레즈노.

무려 350킬로미터에 달하는 대장정이 되었다.

리무진을 타고 이동하고 있음에도 엉덩이가 근질거렸다.

비행기를 이용했다면 간단했다.

하지만 한 번쯤은 미국 땅을 자동차로 횡단해 보는 것도 좋다고 생각했다.

그 결과.

'돈 생기면 바로 비행기 한 대 사야겠어. 비행장 딸린 집도 사고…….'

헐리웃 스타들이 왜 대저택에 비행장까지 딸린 집들을 사들이는지 이해가 갔다.

이런저런 이유들이 있겠지만 이동성에 가장 용이한 것이 비행기였다.

자가용이나 일반 여객기를 이용하는 것으로는 답이 안

나올 만했다.

한 나라 안에서도 몇 시간의 시차를 보이고 있는 곳이 아메리카.

돈 벌기 위해 비행기 타고 슝슝 이동해야 했다.

"메이저리거가 되면 전세 비행기를 이용할 수 있어요. 그전에는 일반인들처럼 이동해야 하죠. 식비도 원정 경기 시하루에 20달러 정도 지불되는 게 다예요."

제시카는 나의 앞으로의 행보가 걱정되는 듯했다.

시간이 돈일 수밖에 없는 제시카와 나.

"알고 있습니다."

"그것도 더블이나 트리플A 선수들에게나 해당되는 거예요."

"……."

그 역시 물론 알고 있다.

메이저리그 30개 팀 25인 로터스에 들기 위해 전 세계적으로 무수한 선수들이 도전했다.

그렇게 해 마이너리그에서 활약하게 된 이들은 여전히 눈물 젖은 빵을 먹는다.

그럼에도 불구하고 복 받은 이들이라는 말을 들었다.

"되도록 빨리 떠나야겠군요."

"맞아요. 목표한 바를 성취하기 위해 잠시 들렀다 가는 곳이어야 해요."

"숙소는 어디죠?"

"도시 중심에 있는 라노스 호텔 스위트룸이에요."

"…네."

"홈구장인 처칸시 파크와 꽤 가까워서 도보로 이동할 수 있어요. 도시 전경이 한눈에 들어오는 곳이죠."

'그룹 인심이 좋군.'

환경에 크게 영향을 받는 편은 아니다.

하지만 쾌적한 환경을 마다할 필요는 없었다.

"모든 비용은 로얄 썬라이징 사에서 댈 겁니다. 필요한 것들을 충분히 이용해도 좋아요."

"그 말은… 파티를 열어도 좋다는 뜻입니까?"

"물론이에요."

"그룹의 무한한 발전을 기원합니다."

"호호호, 민의 뜻을 펼치는 게 결국 그룹을 돕는 일이 될 거예요. 우리는… 당신과 나는 그 어떤 누구보다도 가까운 동업자가 됐으니까요."

반짝반짝.

초롱초롱.

"…흐음."

'넓어서 다행이다. 체취에 취해 열이 날 지경이야.'

맞은편에 앉아 다리를 꼰 채 나를 응시하는 제시카.

두 눈을 촉촉하게 적시며 깜빡였다.

그렇지 않아도 차내에 제시카의 체취가 가득 차 있었다.

독특한 향에 정신이 몽롱해질 지경이다.

운전석과 완벽하게 차단돼 있는 대형 리무진 내.

물론 승차감도 좋고 자리도 편했다.

그러나 긴 시간 동안 제시카를 마주한 채 그녀의 촉촉한
눈빛을 받으며 이동하는 것은 부담이 됐다.

스윽.

'헐!'

초미니 스커트를 즐겨 입는 제시카.

그녀의 몸매가 충분히 매력적이라는 것쯤은 이미 다 알
고 있는 사실.

한 자세로 다리를 꼬고 앉아 있던 제시카가 다리를 풀었다.

그리고 반대편 다리를 다시 꼬아 올렸다.

그 순간.

꽤 성능이 좋은 나의 시력에 의해 즉각 잡힌 한 장면.

'브, 블랙!'

재빨리 고개를 돌렸다.

하지만 순식간에 머릿속에 화석처럼 박혀 든 제시카의
란제리 색상.

숨이 턱 막혀 왔다.

작은 방 같은 공간에 장시간 함께 이동하고 있는 것도 고역이었다.

차츰차츰 시간이 더해가자 대놓고 유혹의 직구를 던져왔다.

"저 혼자 움직여도 됐었는데 바쁜 시간을 뺏은 것 같습니다."

말은 이렇게 했다.

"괜찮아요. 민은 제가 전담한 유망한 스타예요. 며칠 동안은 함께할게요."

"네? 하, 함께요?"

"팀에 적응할 수 있도록 돕겠어요."

"…굳이."

"…스위트룸이 하나밖에 없어서 같이 써야 해요."

씨익.

'흐헉.'

그렇다고 스위트룸에 방까지 하나일 리는 없다.

그러나 문제는 제시카가 작심하고 나와 함께 있기를 원하고 있다는 것.

"바쁘지 않으세요?"

"바쁘죠."

"그럼 전 괜찮으니 업무에 복귀하십시오."

아무리 내가 목표한 바에 도달하기 전까지 여자를 멀리한다 했지만 이건 아니었다.

두 팔 벌리고 달려드는 매혹적인 여인과 한 공간에 있게 되는 건 위험한 일이다.

도화선에 불을 당긴 다이너마이트를 품에 안고 잠자리에 드는 격이라고나 할까.

분명 지원군까지는 아니었어도 아만다가 함께였을 때와는 상황이 달랐다.

그녀 역시 시합 때문에 이른 아침 떠난 상태다.

"지금 일하고 있잖아요~"

"……."

나를 바라보는 제시카의 눈빛은 더욱더 요염하게 뜨거워졌다.

꿀꺽.

역시 본능을 거스르는 것은 힘든 일이다.

나의 의사와는 전혀 상관없이 바짝바짝 타들어가는 목젖.

'진짜… 다. 제시카는 위험해.'

드러내 놓고 생기발랄했던 아만다와는 차원을 달리하는 고수다.

우리나라로 말하면 산전수전 다 겪은 농염한 여인의 냄새가 물씬 풍긴다.

게다가 공중전에 해저전까지 치른 듯한 베테랑의 면모가 엿보인다.

나나 되다 보니 이 정도 버텨온 것이다.

고자나 호모가 아닌 이상 이미 제시카가 다리를 바꿔 꼬는 순간 무릎을 꿇었을 것이다.

그녀의 앞에 꿇어 앉아 쌍코피를 터뜨리며 사랑의 노래를 바쳤어야 정상적인 시나리오가 된다.

파아아앗.

짙게 선팅된 창을 통해 강한 빛줄기가 뻗어 들어왔다.

스으윽.

나는 담담한 표정으로 창밖을 응시했다.

눈에 들어온 것은 오렌지 나무가 물결을 이룬 밭떼기.

'말로만 듣던 캘리포니아 오렌지군……'

최대한 다른 생각을 하기 위해 머리를 굴렸다.

'따봉!'

어렸을 때 몇 번 텔레비전 광고 속에 등장하던 오렌지 주스와 멘트.

아직도 기억에 생생하게 남아 있었다.

지금 내가 내뱉고 싶은 말과 같았다.

본격적으로 미국 내 비즈니스 생활이 시작되고 있었다.

그것도 무엇보다 나를 유혹하는 데에 집중하고 있는 제시카와 함께하는 캘리포니아 여행부터.

스스슥.

가만히 창문을 내렸다.

휘리리리리릭.

거칠게 바람 한 줌이 들이쳤다.

"하아……."

길게 숨을 몰아쉬었다.

자연에서 오는 에너지를 충분히 받아들였다.

난감한 순간을 넘기고 있는 이 시간마저도 나에게는 소중했다.

오늘과 또 다른 날들이 나를 기다리고 있다는 것이 설레었다.

제2장
마지막에 웃는 자

"드디어 사빈 단장, 맛이 갔군. 이런 애송이를 뭘 믿고 100만 달러나 주고 계약을 한 거야?"

마이너리그 트리플A 프레즈노 그리즐리스 감독을 맡고 있는 밥 마리오.

막 샌프란시스코 자이언츠 구단 쪽에서 들어온 공문 한 장을 받아 들었다.

오라이언 사빈 단장의 직인이 정확하게 찍힌 문서다.

굵은 주름이 눈가를 뒤덮었다.

반들반들한 대머리에 바짝 마른 체격.

하지만 유난히 복부만 툭 튀어나온 마리오의 첫 인상은 까칠하다.

올해 나이 예순.

메이저리그 경험이라고 해봐야 평범한 포수 생활 3년이 전부다.

하지만 감독으로서의 자질을 인정받으면서 10여 년 전부터 감독 생활을 하고 있다.

역시 자이언츠 산하 프레즈노 그리즐리스 감독만 맡아왔다.

메이저리그 감독으로는 포용력이 부족했다.

마이너리그 생활을 하는 선수들은 또 더없이 엄하게 조련했다.

메이저리그 선수들을 대하는 것과 달리 마이너리그 선수들에게 유독 강하게 나왔다.

정신 무장이 필수적이라며 코너까지 몰아붙이는 스타일인 밥 마리오.

가끔 부상으로 메이저에서 마이너로 잠깐씩 내려온 주전 선수들과의 부딪힘도 일어났다.

그러나 워낙 야구계에 마리오에 관한 얘기들이 쭉 돌아 있어 선수들이 알아서 포기했다.

"뭐, 정보가 거의 없습니다. 투구 두 번이 전부고, 그것도 믿을 만한 게 못 됩니다."

투수 코치 펫 라이크가 마리오 옆에서 공문을 함께 보며
말했다.

"직구야 그렇다 치지만… 97마일의 고속 슬라이더라
니……."

라이크는 마저 말을 잇지 못하고 끝을 흐렸다.

"옵션에 타자 조항도 있습니다."

어이없는 것은 타격 코치 루스 모먼도 마찬가지.

한 달 동안에도 10여 명이 넘는 선수가 들락거리는 곳이
마이너리그였다.

루키부터 시작해 더블A, 메이저리그 부상자들까지 수시
로 왔다 갔다 하는 트리플A 리그.

아무리 꼼꼼히 살펴봐도 더 나올 만한 정보가 없었다.

나이도 어린 데다 선수 경험도 없다.

동양인에다 계약금도 상당하다.

다른 선수들과 비교해 봐도 터무니없는 계약이 아닐 수
없다.

달랑 종이 몇 장의 계약서와 옵션 조항들만 봐서는 최악
의 선수 영입이다.

그렇지 않아도 최근 들어 선수 수급에 불만이 많았던 밥
마리오 감독.

그의 이마에 주름살이 강하게 잡혔다.

3년 동안 두 번씩이나 메이저리그 우승을 거머쥐자 흥미를 잃은 구단주.

대형 선수들이 FA로 풀려 나가거나 팔렸다.

그러면서 샌프란시스코에서는 마이너리그 선수들을 대량으로 착출해 갔다.

상시 15인 정도 메이저리그에 수급할 수 있도록 선수를 보유하고 있었던 마리오.

단 한 번도 이렇게 싹쓸이해 데려가지는 않았다.

그것도 그나마 실력이 좋은 트리플A에 대거 쓸어간 바람에 마리오의 기분이 좋지 않았다.

"좀 심한 거 아닙니까, 감독님. 당장 아펠트나 범가너를 내려 보내도 시원찮을 판에… 이런 애송이를 신인 선수라고……."

펫 라이크가 마리오의 심기를 읽어내고 말을 더했다.

라이크 역시 같은 심정임을 드러낸 것이다.

"단장한테 전화를 넣어야겠어."

마리오가 들고 있던 서류를 힘주어 쥐었다.

"그것도 경기 전에 이런 흉측한 계약서를 보내다니!"

샌프란시스코 자이언츠 구단주의 총애를 온전히 받고 있는 오라이언 사빈 단장.

"아무리 총애가 두텁다고 하나 너무하는군!"

"참으십시오, 감독님."

"맞습니다. 한두 번 보는 것도 아니지 않습니까."

"요즘 꼴찌를 면치 못하고 있어 단장도 말이 아닐 겁니다."

"……."

성격 까칠하기로 유명한 밥 마리오를 만류하는 라이크와 모먼.

이 정도 일이면 사고를 치고도 남을 인물이었다.

잘만 버티면 자신들에게도 기회가 올 수 있다고 생각하고 있었다.

계속해서 팀이 꼴찌를 면치 못하게 되면 지도자들을 물갈이하는 게 순서다.

그렇게 되면 자연스럽게 내부에서 자리 배치가 다시 이루어진다.

말 그대로 마이너리그 코치에서 메이저리그 코치로 갈 수도 있다.

선수들뿐만 아니라 감독이나 코치도 메이저리그를 꿈꿨다.

연봉뿐만 아니라 모든 면에서 특혜가 주어졌다.

하물며 숙박과 식비에서도 차이가 컸다.

"…나도 이제 늙었어. 은퇴를 하든지 해야지 원……."

"지금 바로 선수 등록해 놓겠습니다. 구단에서 테스트를 목적으로 올린 것 같은데 따라야지요."

"그래, 그렇게 하도록 해. 에휴."

코치들의 만류에 못 이기는 척 마리오 감독은 한숨을 내쉬었다.

분풀이를 한다고 해도 속이 시원하게 뚫리는 것도 아니었다.

게다가 자신에게 이로울 게 하나도 없다는 것 정도는 그간의 일로도 충분히 경험한 바가 있다.

감독도 시즌 중 방출되는 곳이 마이너리그였다.

마이너리그를 전전하는 감독과 코치들에게 주어지는 연봉 대부분이 메이저리그 구단에서 지급되었다.

협약을 맺고 처리하는 것이다.

지금은 다행스럽게도 선수 수급 문제를 구단 운영진에서 알고 있었다.

그렇지 않았다면 트리플A에서 꼴찌를 한다는 것 자체가 난감한 상황이다.

아무리 마이너리그 감독을 역임하고 있지만 마리오도 감독이었다.

연봉도 그만하면 됐고 의료보험에 연금 혜택도 빵빵했다.

어디 가서도 이만한 혜택을 누리는 직업을 얻기는 힘들었다.

"그나저나 감독님, 오늘 선발이 좀 위험합니다."

"왜?"

"크릭이 5회를 넘기기 힘듭니다."

"팬들이 가만히 있지 않을 겁니다."

"맞습니다. 오늘까지 스윕을 당한다면 관중수가 확 줄 겁니다. 다른 팀도 아니고 라스베이거스입니다."

그랬다.

오늘 상대는 같은 지구 소속인 원수 라스베이거스 피프티원스.

마이너리그의 퍼시픽 컨퍼런스 소속 남부 지구에 속해 있는 팀이다.

뉴욕 메츠가 메이저리그 팀.

하지만 마이너리그는 마이너리그대로 천적과 같은 상대 팀들이 존재했다.

프레즈노와 그리 멀지 않은 라스베이거스에 연고지를 두고 있었다.

프레즈노 그리즐리스 팀을 시골 촌놈들이라면 언제나 웃음거리로 삼았다.

라스베이거스 피프티원스가 구단을 창설하면서부터 계

속된 혈전이었다.

지구 라이벌 전인 경기에서 두 경기를 내주고 마지막 한 경기를 남겨두고 있었다.

연속 3연패를 당하면 당장 지역에서 매장당할 분위기다.

어제도 믿었던 선발이 무너졌다.

12회 연장에 불펜 투수들까지 모두 동원했지만 승리를 날렸다.

그 상태에서 오늘 선발은 올 시즌 평균 5.80의 방어율을 자랑하는 크릭 헤스톤.

구단에서 가장 많은 피안타율에 자책점도 많았다.

투수가 몇 명 더 있었다면 진작 강등되었어야 한다.

올해 33세의 노장.

선수 생활 당시만 해도 98마일 직구를 가볍게 던졌을 정도로 실력이 좋았다.

꽤 능력을 인정받았었지만 팔꿈치가 고장나면서 토미존 수술까지 받게 되었다.

수술 이후부터 그저 그런 선수가 돼버린 크릭.

마이너리그를 몇 년째 전전하고 있었다.

"오늘까지만 어떻게 버텨주길 바라야지. 웬만하면 버텨보라고 해."

"정말 큰일입니다."

"어떻게 하겠어. 불펜들도 이틀 동안 풀가동해 어깨에 문제가 올 수도 있어."

"타자들은 그렇다 치지만 투수들도 쓸 만한 녀석이 없으니 하는 말입니다."

한때 보스턴 레드삭스에서 강속구 투수로 활약했던 투수 코치 펫 라이크.

그 역시 교통사고 후 투수의 꿈을 접은 인물이다.

진작 야구와 인연을 끊었어야 했지만 그렇게 하지 못했다.

평생 꿈이었던 까닭에 매년 재계약을 통해 구장에 남아 있었다.

이런 사연을 가진 이들이 마이너리그에는 한둘이 아니었다.

못다 이룬 메이저리그 입성.

선수로서 품었던 꿈을 지금은 코치로서 이루고자 했다.

그 수만도 백여 명을 넘었다.

"어쩔 수 없지. 오늘까지 패배한다면 내일부터는 원정이야."

밥 마리오 감독은 아메리칸 컨퍼런스 남부 원정까지 생각하고 있었다.

실적이 전무하게 되면 원정 경기를 뛰어서라도 몇 승 올려 돌아와야 얼굴을 들 수 있었다.

시작도 하기 전부터 이미 게임을 포기해 버린 마리오와 코치들.

승리의 여신이 아무리 축복의 키스를 날려도 소용이 없는 상황이었다.

날고뛰는 팔팔한 선수들을 상대해야 하는 팀.

약물이라도 복용하지 않는 한 평균 실력을 뛰어넘을 수는 없었다.

"그럼 준비하겠습니다."

"감독님, 일단 투수 결원이 생긴 상황이니 신입 선수를 등록해 놓겠습니다."

"…그래."

"등번호는… 비어 있는 88번이 좋겠습니다."

"알아서 하라고."

"넵!"

"그리고 애들한테 전해. 오늘 경기 패하면 내일 여길 뜨기 전까지 출입 제한하고 음주 차단이라고!"

"멍청이들도 아니고. 그 정도는 알 겁니다."

"말이라고 하나. 실력만큼 멍청하니까 하는 말 아니야."

"하하, 그건 그렇습니다."

밥 마리오 감독의 농담 같은 진담에 코치들이 웃음을 터뜨렸다.

서부 지구에서 현재 바닥을 박박 기고 있는 샌프란시스코 자이언츠.

그에 버금가게 마이너리그 팀들도 상황은 마찬가지였다.

스트레스 지수가 팍팍 올라가는 것도 어쩔 수 없었다.

구단 측에서 돈줄을 풀지 않는 한 당분간은 희망이 없었다.

게다가 괴물 같은 신인이 나타나지 않는 이상 얼마 동안은 팀 전체가 쓴 물만 삼켜야 했다.

요 몇 년 사이 메이저리그는 거대한 자본으로 선수들을 사고팔며 움직이고 있었다.

"흠……."

"도시가 작죠?"

"뭐, 네."

'완전 시골이군.'

말이 좋아, 인구 50만 명의 중소 도시.

전체 땅덩어리의 크기를 무시해서는 안 된다.

도시의 얼굴이라 할 수 있는 높은 건물이 거의 보이지 않았다.

중심가 쪽에 몇 개 건물만이 덩그러니 서 있었다.

나머지는 높아봐야 고작 3층 정도의 낡은 건물이 다였다.

'속초 시내 중심가 정도 수준이군.'

본토인들이 들으면 서운하겠지만 내 눈에는 그렇게 보였다.

관광지로 개발된 속초 시내만도 못하다는 생각도 들었다.

황량한 거리.

6월의 날씨 덕분에 습기도 많고 더운 공기가 먼저 반겼다.

중심가로 들어오면서 무수히 스쳐 지나온 비행기 폐차장과 풍력 발전기.

광활한 넓은 대지를 가득 메웠던 포도, 오렌지, 아몬드 농장들.

스쳤던 풍경들이 하나로 엮이며 프레즈노의 첫 인상을 남겼다.

촌동네.

인구가 50만이라고 했지만 눈에 띄는 인적이 거의 없었다.

날씨가 더워서인지 되레 황량하다는 느낌마저 들었다.

"들어가요."

"네."

그나마 그럴싸해 보이는 라노스 호텔.

'이건 아파트야, 호텔이야?'

분명 프레즈노에서는 최고급 호텔인 라노스.

한국의 구형 아파트처럼 보였다.

잘 쳐줘야 5성급 호텔 수준 정도.

속초와 설악산 부근에 즐비한 호텔, 콘도와 별로 달라 보일 게 없었다.

"잠시 후 기본 야구 장비가 도착할 거예요."

"네?"

'이건 또 무슨……'

"투수 글러브를 비롯해 종류별 야구 배트 같은 각종 소모품들 말이에요."

"그게 뭐 장비랄 것까지야."

"한 트럭 정도 될 거예요."

'하, 한 트럭??'

"……!!"

"믿지 않는 거예요? 민은 우리 회사가 미는 초특급 스타라는 말."

제시카가 두 눈을 동그랗게 뜨며 나를 쳐다보았다.

"한 개 제품을 선택하면 그 브랜드와 관련된 비즈니스가 곧장 시작돼요. 오래 뛰지는 않을 테지만 지금 선택해 놓으면 나중에 협상에 유리하게 작용해요."

"아! 네."

'진짜 사업이군.'

제시카가 무슨 말을 하는지 곧 이해가 되었다.

통이 크긴 컸다.

야구 장비를 몇 세트 정도가 아니라 트럭 한 대를 채워 온다는 말이다.

우리나라로 말하면 여장부인 셈이다.

배짱 하나는 대성할 사업가의 면모다.

"캘리포니아주는 여름에 꽤 더워요. 특히 이곳은 분지라 덥고 습하죠."

리무진으로 이동하는 동안에는 에어컨 덕에 쾌적하게 시간을 보냈다.

밖의 기온이 이렇게까지 높은 줄 미처 몰랐다.

이른 아침부터 움직여 지금은 정오를 넘기고 있는 시간이다.

이동하는 내내 쉬지 않고 달려왔다.

중간에 주유를 위해 잠깐 멈췄던 게 전부였다.

통도 큰 데다 매력까지 겸비한 제시카.

괜히 스카우터들이 제시카의 눈치를 보는 게 아니었다.

"오늘도 지면 아주 머리통을 날려 버릴 거야!"

"설마 그러겠어. 한 번은 이기겠지!"

"그러게 말이야! 홈에 와서 피프티원스 놈들에게 두 번이나 얻어터지다니. 꼴이 우습게 됐어!"

"월드 시리즈 우승 팀이면 뭐해! 그건 작년 일이라고."

"맞아요. 우리 프레즈노 그리즐리스는 도박 중독자 라스베이거스 놈들과 질적으로 다르다고."

"그러면 뭐해. 아주 망신만 당하고 있는데!"

일단의 무리를 지어 지나가는 시민들이 나누는 대화였다.

화가 제대로 나 있는 듯했다.

"오늘까지 그 모양이면 불매운동하자고!"

"당연하지! 아예 당분간은 얼씬도 못하게 해버려야지."

"쫓아내 버리자고."

그중 카우보이모자를 눌러쓴 사내가 침을 튀겨가며 열을 올렸다.

"메이저리그 못지않게 마이너도 홈팬의 사랑을 받아요."

나의 시선이 무리를 쫓아 움직이자 제시카가 입을 열었다.

"특히 지역 라이벌전 같은 경우는 반드시 승리를 하는 게 좋죠. 그래야 바깥에서 술잔을 기울일 수 있어요."

'살벌하군.'

본래 똥개도 지 앞마당이 있는 법.

기필코 지켜야 하는 영역인 것이다.

또 동네 패싸움이 재미있는 법이다.

하긴 농업 도시 프레즈노와 도박과 유흥의 도시 라스베이거스는 서로를 무시한다고 했다.

더욱이 야구는 같은 지구에 속해 있는 라이벌.

당연히 다저스와 자이언츠의 관계처럼 경쟁 구도가 성립되었다.

"언제부터 뛸 수 있습니까?"

"본 계약은 체결됐고, 얘기해 뒀으니 메이저리그 선수협회에 회원 등록은 됐을 거예요. 구단에서 승인이 떨어졌다면 엔트리가 확정돼 그리즐리스에서 오늘부터라도 뛸 수 있어요."

'오늘?'

상당히 빠르게 일이 진행되었다.

가계약을 거치면서 어느 정도 서류는 구비돼 있었다.

그렇다 해도 이렇게 빨리 선수 등록까지 마치게 될 거라고는 생각하지 못했다.

"민, 당신은 신분 조회가 따로 필요 없는 민간인이었기에 가능한 일이었어요."

제시카가 나의 궁금증을 금세 해소시켜 주었다.

그녀의 말처럼 당분간은 제시카의 조력이 필요할 것으로 보였다.

아무리 이론적으로 습득해 놓았다 해도 실전이나 행정 규칙들에는 빈틈이 많았다.

"짐을 놓고 바로 구단으로 가요. 트럭이 그곳으로 올 거예요. 엔트리 등록이 됐다면 번호도 받아야 하니까요."

"그렇군요."

"민, 당신이 특별히 받고 싶은 번호가 있나요?"

"…88번이면 좋겠군요."

대륙인들이 좋아하는 행운의 숫자 8.

중국인은 아니었지만 인생 한번 둥글게 살아보고 싶어 88을 떠올렸다.

"좋은 번호예요."

일단 내가 하는 일들에 관해서는 무조건 호의적인 반응을 보이는 제시카.

"올라가요. 드레스 코드를 바꾸고 보스에게 인사하러 가야죠."

처음부터 싸가지 없이 출발선에 서고 싶지 않았다.

물론 내일까지 풀어져도 누가 뭐라 하지 않을 것이다.

그러나 시간이 돈인 상황.

하루라도 빨리 뛰고 움직여야 그만큼의 대가를 손에 쥘 수 있다.

"민, 적응이 빨라야 선수 생활이 편해요. 마이너리그 선수들이 자유분방해 보이겠지만 절대 감독들에게 대들지 않아요."

"……."

"모든 곳이 다 마찬가지겠죠. 야구판도 돌고 돌다 보면 다시 마주치게 되는 경우가 많거든요."

"알고 있습니다."

그 정도는 나도 잘 알고 있다.

어디서나 적용되는 세상의 이치다.

'88번을 점찍은 이유가 뭐겠습니까, 제시카.'

내가 원하는 것은 둥글둥글하게 사는 것이다.

아무리 나를 향해 촉을 세운다 해도 설악산 양 도사의 정신 강화훈련(?)에 비하면 새 발의 피.

양 도사와 같은 하늘이 아닌 것만으로도 나는 미소 지을 수 있다.

그 어떤 난관과 마주한다 하더라도.

철저한 영업 마인드로 무장한 나는 양 도사의 수제자 강민이 아닌가.

부우웅!

부웅!

샌프란시스코에서 프레즈노로 향하는 도로 위.

거칠게 빨간 승용차 한 대가 내달렸다.

"뭐냐고. 왜 그 촌구석으로 간 거야! 그 실력이면 곧장 메이저리그로 가야 하는 거 아냐?"

먼 길을 돌아 이곳까지 온 미모의 한국인 여성.

조국 일보 미국 특파원에 임명된 과장 대우 정아람이 투덜거렸다.

샌프란시스코 자이언츠에 입단했다는 소식을 듣고 곧장 비행기에 올랐다.

하지만 구단 측에 확인한 결과 강민은 프레즈노 그리즐리스 팀에 입단했다고 했다.

그쯤 강민으로부터 문자가 들어왔다.

같은 내용이었다.

한국과는 비교도 할 수 없는 거리들.

몇 시간은 달려야 좀 달렸구나 싶은 미국의 황량한 도로에 정아람은 질려 버렸다.

가도 가도 끝없이 펼쳐진 사막.

급기야 을씨년스럽게 펼쳐진 황량한 벌판을 달려 프레즈노로 향하고 있었다.

상상은 그럴싸한 만남을 예상했다.

샌프란시스코에 우아한 룸을 하나 렌트한 후 강민을 초대할 생각이었다.

그리고 다시 한 번 한껏 매력을 풍기며 대시해 볼 참이었다.

하지만 첫 판부터 어긋나 버렸다.

"그래, 차라리 잘된 거야. 보아하니 변변찮은 촌구석 같은데 할 일이 뭐 있겠어."

애써 마음을 진정시키고 상황을 제대로 파악하자고 자신을 추슬렀다.

"지가 외로우면 이 누님밖에 더 있겠어? 호호."

또 다른 상상으로 즐거운 웃음이 흘러 나왔다.

이번에는 제대로 물고 놓치지 않겠다고 작심했다.

앞으로의 인생에 다시 오지 않을 대박의 기회가 눈앞에 있었다.

한 번 지나간 로또 번호는 쓰레기일 뿐.

정아람에게 있어 강민의 미국행은 더없이 좋은 찬스였다.

한국에서는 도대체 끼어들 틈이 없었다.

오성 그룹 막내딸을 비롯해 강민이 머물렀던 원룸의 주인집 딸들까지.

그녀들의 외모가 모두 월등했다.

그뿐만 아니었다.

주워 모은 강민에 관한 정보만 보더라도 주변에 그녀들 말고도 여러 명이 더 있었다.

이곳은 입맛만 다셨던 한국이 아니었다.

전쟁 당시 육탄으로 북한군의 탱크를 막아냈던 호국열사의 심정으로 미국 땅에 왔다.

정아람은 마음을 다잡았다.

강민의 품에 안겨 장렬하게 산화하리라.

부우우웅.

다시 한 번 마음을 다진 만큼 액셀을 밟은 발에 힘이 들어갔다.

"민아~! 기다려라! 이 누님께서 가신다! 호호호."

한껏 물이 오른 노처녀 정아람.

혼자 상상의 나래를 펴며 망상에 빠져들었다.

다만 혼자 외롭고 쓸쓸하게 타국에 와 혼신의 힘을 쏟고 있을 강민만을 떠올렸다.

그러나 정작 그녀는 아무것도 모르고 있었다.

'여긴 또 어디래~ 허어.'

기대는 하지 않았다.

호텔 스위트룸은 그나마 이 도시에서 가장 설비가 잘돼 있는 곳이었다.

도시 전체가 꽤 늙었다는 생각이 확 밀려왔다.

하긴 주변 관광지 중에서 유령의 도시로 불리는 폐광촌 이 유명하다고 했다.

미국에서 가장 못사는 도시로 뽑혔다는데 할 말이 더 없었다.

막 야구장에 도착했다.

그리고 곧 나는 알게 되었다.

왜들 메이저리그 메이저리그를 외치는지.

'다저스 구장을 가지 말았어야 했어.'

야구장 한번 참 심플했다.

야자수로 짐작되는 나무 수십 그루가 입구에서 나를 반겼다.

그 옆으로 처칸시 파크라 새겨진 하얀색 쇳덩어리 간판 이 걸려 있다.

산 위에서 떠오르는 해를 그린 상징물이 눈에 들어왔다.

'모든 게 다 낡을 대로 낡았군.'

입구에 세워진 파라솔은 너덜너덜했다.

다저스 구장에 비하면 딱 10분의 1 정도의 포스를 풍겼다.

주차장도 그리 크지 않았다.

성인 키 정도 되는 높이로 쳐진 팬스 너머 야구장이 그대로 보였다.

"실망스러워요? 그래도 이곳은 양호한 편이에요. 메이저리그 구장들도 시설 투자를 하지 않는 곳은 형편없어요. 게다가 더블A나 싱글A 팀의 경기장은 더 열악하죠."

나의 표정을 살피던 제시카가 경기장 변명을 했다.

사실 약간의 실망을 하긴 했지만 불만은 없었다.

'반바지도 잘 어울리시네.'

제시카와 함께 들어갔던 스위트룸은 방이 세 개였다.

한 개의 방으로 들어간 제시카가 옷을 바꿔 입고 나왔다.

운전기사가 옮겨 준 여행용 가방이 전부였던 제시카.

아이보리색 반바지에 샌들.

그리고 보는 사람의 눈을 아찔하게 할 만한 핑크색 나시 티를 받쳐 입었다.

물론 그 위에 가벼운 셔츠 한 장을 걸쳤지만 그간 봐왔던 제시카의 옷차림과는 사뭇 달라 새로워 보였다.

편안한 옷차림이 신선했다고 할까?

곧 삼십대인 나이와 상관없이 발랄한 여대생 같은 분위기를 풍겼다.

한국 고등학교에 재직 중일 때는 정장 차림을 자주했었다.

그러면서도 섹시함을 감추지 못했던 반면 지금은 그냥 쉽게 누나라고 호칭해도 될 만큼 편한 차림이다.

당장 야구 관중석 앞에 나가 치어리더를 해도 손색이 없을 만큼 받쳐주는 안팎의 비주얼.

이쯤 되니 함께 있는 것만으로도 즐거움이 더했다.

"이런 곳도 경찰이 있군요."

총기 소지가 자유로운 미국답게 야구장 한쪽의 총기 소지 정복 경찰이 눈에 띄었다.

"그럼요. 메이저리그 경기 때는 경찰들이 꼭 오죠. 라이벌 팀 경기가 생각보다 많이 거칠 거든요."

아무래도 흥분을 하게 되면 어떤 사고가 발생할지 모른다.

총기 사고도 빈번한 나라이니 이들 이 정도 제스처를 취하는 것도 무리는 아니었다.

자칫 흥분한 관중들 사이에서 무슨 일이라도 벌어지면 경각심을 주기 위한 조치 같았다.

"구단 사무실로 가요."

"아세요?"

"당연하죠."

제시카는 당연한 것 아니냐는 듯 걸음을 멈추더니 나를 돌아보았다.

"민은 잘 모르겠지만 요즘 잘나가는 스카우터가 바로 저예요. 마이너리그에서 활동하는 선수들 역시 저의 미래 고객들이죠. 그런 만큼 미리미리 관리를 해두는 게 당연한 거 아니겠어요."

살짝 눈을 아래로 내려 감았다가 붉은 금발을 찰랑 귀 뒤로 넘기며 고개를 드는 제시카.

눈부셨다.

역시 외모가 받쳐주고 어느 정도 지적 수준이 겸비된 여성은 장소를 불문하고 빛이 났다.

"아~ 네. 그렇겠군요."

"한국 속담에 이런 말도 있잖아요. 돌다리도 건너봐야 한다. 혹은 먹어봐야 된장 맛인 줄 안다."

"……??"

눈을 동그랗게 뜨고 나의 눈을 똑바로 쳐다보는 제시카와 눈이 딱 마주쳤다.

아주 당당하게 내뱉는 한국의 속담.

'푸하하하.'

뭔가 제대로 접수가 안 된 듯 해석을 꼬아서 하고 있었다.

아무래도 어순이 뒤바뀌다 보니 이해를 제대로 하지 못한 것이다.

이런 점에서 제시카가 미국인임을 다시 한 번 실감한다.

한국에서 아무리 오래 살았어도 그 나라의 문화와 정서를 온전히 흡수한다는 것은 무리가 있을 터.

게다가 아메리카와 한반도의 문화는 전혀 다른 모습.

"민, 사과하겠어요."

'뭐야, 안 거야?'

갑자기 야구장을 바로 앞에 두고 등을 보인 채 멈춰선 제시카.

괜히 미안한 생각이 들었다.

속에서 웃어재낀 나의 웃음소리를 들은 것 같았다.

"뭐, 뭘 말입니까?"

제시카가 몸을 돌려 다시 나를 바라보았다.

"……"

"입단식도 없이 이렇게 초라하게 마이너리그 구장에서 야구를 시작하게 된 것 말이에요. 메이저리거들에게는 처음 구장에 발을 들이는 순간이 마치 첫 경험의 순간처럼 평생 가슴에 남는다고 하더군요."

'흐헐~'

"처, 첫 경험요?"

나보다는 여러모로 경험이 많은 제시카.

그녀의 눈빛은 이미 나 역시 첫 경험쯤은 오래전에 한 사람으로 보이는 듯했다.

하지만 나는 아직 순도 100프로의 숫총각.

나는 최대한 물론 경험이 있는 사람처럼 담담하게 제시카를 바라보았다.

그녀로서는 자유분방한 나라의 국민답게 여러 경로의 연애를 경험했을 것이다.

하지만 나는 아니었다.

전체 인생의 3분의 1에 달하는 시간을 설악산에 처박혀 지냈다.

그것도 백발이 성성한 노인네와 함께 말이다.

그런 사실을 알 리 없는 아메리카의 여인 제시카.

제시카는 나에게 첫 경험의 순간을 떠올려 보라는 듯한 눈빛을 보냈다.

그러나 어쩌겠는가.

기억을 아무리 뒤져도 첫 경험 따위의 흔적은 존재하지 않았다.

'…위험해. 정말 위험해…….'

나는 살짝 미소를 지어 보임으로써 얘기의 흐름을 돌렸다.

마치 가슴 저 깊은 곳에서부터 어둠의 세력들이 나를 유혹하는 듯한 기운에 사로잡혔다.

나의 두 눈은 평소 나의 성품과 상관없이 제시카의 전신을 빠르게 훑었다.

물론 반사적으로 그래서는 안 된다는 의식이 작용했지만 먹히지 않았다.

어디 가서도 쉽게 볼 수 없는 제시카의 비주얼.

섹시함만을 강조한 듯한 차림에서 벗어나자 더욱 매력적이게 보였다.

어디 하나 빠지지 않는 모습.

"제시카, 이런 말이 있죠."

꾸물꾸물하는 검은 그림자의 기운을 뒤로 밀어내며 나는 입을 열었다.

"……??"

제시카의 푸른 눈동자를 정확하게 응시했다.

"마지막에 웃는 자가 진정한 승자다."

"……."

푸른 눈을 더욱 빛내는 제시카 로엘.

"전 마지막에 웃겠습니다. 미안해하지 마세요. 이런 사소한 일에 너무 많은 의미를 부여한다는 건 별로 효율적이지 않습니다."

진심이었다.

인생이 그렇게 호락호락 원하는 대로 얻어지는 것은 아

니다.

그 정도는 이미 터득한 삶의 지혜.

아쉽게 첫 경험 같은 것은 아직 하지 못했지만 그 밖의 것은 설악산 양 도사를 통해 많이 터득했다.

노인네 입을 통해 쏟아지는 말들이 그때만 해도 지긋지긋한 잔소리 같았다.

하지만 지금은 조금씩 느끼고 있다.

사소한 것에 목숨 걸지 말고 시키는 대로 하라며 나를 조졌던 순간들.

작은 것에 자존심을 세워 나중에 더 큰 것을 잃게 되는 게 어리석은 사람들이라고 했다.

쓸데없는 힘 낭비하지 말고 시키는 것이나 똑바로 하라고 했던 양 도사.

반드시 자신을 바로 볼 수 있어야 함을 알아야 한다고 했다.

당시 양 도사는 나에게 너의 주제를 알라고 호통 쳤다.

그 말인즉 내 자신을 제대로 알라는 뜻이었다.

그렇지 못한 사람들이 타인의 시선을 의식한 나머지 근본적인 자신의 내면에서 자꾸 멀어진다는 것.

그리고 타인들이 정해놓은 행동 범위와 관념 안에 갇혀 옴짝달싹 못하고 지랄을 한다는 것이다.

'나는 내 주제를 잘 안다. 지랄하지 않고… 즐길 것이다.'

설악산에서 보낸 6년의 시간이 나를 다시 일으켜 세우고 있었다.

이를 악물고 버텼던 고행의 시간이 앞으로 웃는 날만을 줄 것이다.

굳이 사소한 것에 지랄발광을 하지 않아도 모든 시간은 흘러가게 돼 있다.

그간 몸 바쳐 깨달은 지난 세월.

제시카가 미안해하는 것 따위에 의미를 부여할 만큼 어리석지 않았다.

"가시지요."

처벅처벅.

나는 빤히 나를 응시하고 있는 제시카를 비켜 앞장서서 걸었다.

그 누구도 나를 대신해서 뛰어줄 수 없다.

인생도 어차피 혼자 살아내야 하는 장거리 여행과 같은 것.

이곳은 이제 철저하게 홀로 뛰어야 하는 나의 전쟁터였다.

발걸음은 가벼웠다.

제시카가 함께 걸어주는 것만으로 힘이 됐다.

나의 메이저리그 인생에 첫 구장이 될 처칸시 파크 내로 들어섰다.

누가 뭐라 해도 오늘부터 난 메이저리그 소속 프로 선수다.

더없이 조용하게 시작되는 순간이지만 분명 위대한 순간이다.

인생 2막 1장의 서막이 올랐다.

제3장

개봉 박두

마스터K

"강민입니다. 앞으로 잘 부탁드립니다."

예의 바른 동양의 청년.

그의 첫인상이다.

손부터 내미는 유럽 선수들과 달리 고개부터 꾸벅 숙였다.

'마승준도 저랬지…….'

2005년도에 이곳 감독으로 부임했다.

그 2년 뒤 팀에 들어왔던 한국의 한 선수.

직구 구속은 좀 떨어졌지만 포크볼과 커브, 스플리터가

뛰어났던 선수였다.

지금도 기억하고 있는 마승준의 첫 인상.

그도 지금 강민과 같았다.

감독 사무실에 들어올 때 이미 선글라스를 벗은 상태였다.

그리고 공손하게 고개를 숙여 인사를 했다.

확실히 유럽과 다른 국가에서 온 선수들과 다른 동양식 사고방식이 눈에 띄었다.

첫인상이 나쁘지 않았다.

"밥 마리오네."

"명성은 익히 들어 잘 알고 있습니다. 영광입니다."

"명성은 무슨……."

'체격이 좋군.'

동양 선수들 치고는 체격이 좋고 키가 컸다.

190에 육박하는 장신에 딱 봐도 군더더기 없는 매끈한 몸매다.

기운도 다르다.

게을러터진 선수들과는 확실히 다른 포스가 풍기는 친구다.

구단에서 보내온 서류로만 봤을 때와는 전혀 다른 느낌이다.

"감독님, 안녕하세요."

"오~ 제시카 양. 바쁘신 몸께서 어떻게 이 누추한 곳까지 행차를 하셨습니까."

썬라이징 사의 부사장 제시카 로엘.

요즘 무섭게 뜨고 있는 스카우터 전문 회사 로얄 썬라이징 코퍼레이션의 얼굴이다.

마이너리그 감독들도 살살 눈치를 살펴야 할 대상이었다.

일단 선수들의 수급권을 쥐고 있었다.

또 구단 고위 인사들과의 친분 역시 두터워 눈밖에 나봐야 좋을 게 없었다.

피곤해지기 일쑤.

"여기 있는 민 선수가 썬라이징과 계약이 돼 있습니다."

"아!"

'귀신같이 챘군. 그렇다면…….'

결단코 아무에게나 투자하지 않는 썬라이징.

쓸 만한 녀석들만 골라 투자하기로 유명했다.

그런 썬라이징에서 강민과 계약을 했다.

무슨 의미인가.

제시카와 딱 한 번 마주한 적이 있는 밥 마리오 감독.

하지만 썬라이징의 위력이 얼마나 큰지는 잘 알고 있다.

거대 로얄그룹 산하 계열사로 스포츠계뿐만 아니라 전반적인 분야를 다 아우르고 있었다.

재계나 정치계까지 두터운 연줄이 닿아 있다.

"구단에서는 연락이 왔나요?"

"아침에 서류를 받았소."

"그럼 오늘부터 출전엔 문제가 없겠군요."

"물론이오."

그렇지 않아도 선발에 이상이 생기면서 가능하지 않아도 가능하게 해야 하는 상황이었다.

더구나 썬라이징 회사에서 미는 선수라면 불가능해도 가능하게 해야 하는 입장.

"잘됐네요."

"하지만… 장비가 갖춰지지 않은 것 같은데… 힘들다면 내일부터 나와도 좋소."

밥 마리오는 살짝 자존심을 드러냈다.

"오늘 도착했다면 선수가 피곤하기도 할 테니 며칠 푹 쉬어도 좋고."

감독의 입지가 거대 스카우터만 못한 상황이 마땅찮았다.

더구나 신입 선수 앞에서 알몸 처지가 된 듯한 기분을 감추기는 어려웠다.

마음에 가라앉는 앙금이 이런 식의 말로 흘러나왔다.

"문제없습니다. 출전하겠습니다."

말없이 제시카와 마리오 감독의 얘기를 듣던 강민이 입을 열었다.

'정신 상태가 좋군.'

감독이 공식적으로 쉬라고 말하는 자리였다.

그것을 거절하는 강민.

요즘 젊은 선수들은 상당히 게을렀다.

어떻게든 경기에서 한 번이라도 더 빠져볼까 머리를 굴렸다.

과거와 달리 감독과 코치들, 선배들의 말이 먹히지 않았다.

한 귀로 듣고 흘리며 우습게 취급하는 건방진 녀석들이 넘쳤다.

하지만 굵직하게 힘이 실린 강민의 음성.

이미 말투와 행동에서 쓸 만한 녀석으로서의 기운이 감지되고 있었다.

"등번호를 선택할 수 있습니까?"

"없네. 불가능해."

"……."

"이미 번호가 정해졌어."

"아쉽군요. 번호가 어떻게 됩니까?"

"88번일세."

"좋습니다."

원하던 번호가 있었던 것 같은 강민.

이미 정해진 등번호를 듣고도 개의치 않았다.

'뭐야, 원하던 번호라도 되는 거야.'

대부분 행운의 숫자 7이 들어가는 등번호를 원했다.

비어 있는 번호는 88번뿐.

"제가 원하던 번호입니다."

"축하해요, 민~"

"그랬군."

'좌우지간 동양인들이란……'

동양인들 특유의 못 말리는 구석이 있었다.

백인·우월주의자들처럼 동양인을 심하게 대하지는 않았지만 썩 친절하지도 않은 밥 마리오.

당장 마리오 감독에게 필요한 것은 실력이 되는 선수뿐이었다.

팀과 자신이 살아남을 수 있는 유일한 돌파구.

똑똑.

"들어와."

끼릭.

마침 사무실 문을 열고 들어오는 불펜 코치 드루먼.

다른 코치들과 달리 감독 사무실을 자주 들락거리며 보고하는 일이 많았다.

"감독님, 다들 모였습니다."

"그래? 일단 몸들 풀고 있으라고 해."

선수들을 모두 집합시킨 모양이었다.

오늘 경기는 오후 5시부터다.

이제 남은 시간은 겨우 두 시간 정도.

몸을 풀고 난 뒤 몇 가지 지시 사항을 전달하면 곧 경기가 시작될 것이다.

"예, 감독님."

"아! 드루먼. 이 친구 데려가. 알고 있지. 신입이야."

마리오 감독이 사무실을 나가려는 드루먼을 불러 세웠다.

"잠깐만요."

그때 제시카가 감독의 말끝을 잡았다.

"뭐요, 제시카 양."

"강민 선수가 쓸 새 장비들이 도착했다는군요. 바로 찾아서 보내겠습니다."

"장비가 이제 도착해?"

마리오 감독은 제시카가 말하는 상황이 잘 이해가 되지

않았다.

대부분 자신이 쓰게 될 장비는 직접 들고 왔다.

그게 지극히 정상적인 선수들의 자세이기도 했다.

투수라면 글러브.

타자라면 배트.

자신이 쓰던 것이 아닌 이상 길도 들여야 하고 적응도 해야 해 시간을 필요로 했다.

분명 제시카는 새 장비들이 도착했다고 말했다.

밥 마리오 감독은 자신의 귀를 의심했다.

"새 장비라면……."

"맞아요. 한국에서 도착한 지 며칠 되지 않아 따로 장비를 구하지 못했어요."

밥 마리오 감독의 말에 제시카가 설명을 덧붙였다.

본래 공식적으로는 이런 자리에서 스카우터가 일일이 개입하지 않는 게 정석이다.

하지만 상황이 상황인지라 마리오 감독도 어느 정도 묵인을 하고 있었다.

"그게 지금 말이 된다고 생각하오."

꿈틀.

마리오 감독의 눈썹이 불쾌감에 일그러졌다.

야구 선수에게 있어 글러브와 배트는 전쟁터에 투입되는

병사의 총과 칼이었다.

그런 것 하나 인지하지 못한다면 신입으로서의 자질 역시 바닥일 게 뻔하다.

조금 전까지 호의적으로 작용하던 마리오 감독의 마음이 바뀌고 있었다.

'건방진 녀석……'

예의 바르게 보였던 강민의 태도마저 삐딱하게 여겨지기 시작했다.

그리고 아침 댓바람부터 보게 되었던 계약서가 떠올랐다.

다시 한 번 불쾌감이 치솟게 하는 계약서 내용들.

"내키는 대로 하게. 새로 마련한 장비들이 자네 손에 잘 맞길 바라겠네."

호의적인 느낌이 싸늘하게 사라진 마리오 감독의 음색.

"감사합니다."

둔한 것인지 모른 척하는 것인지 처음과 같은 태도를 보이는 강민.

아마 자신을 배려하고 있다고 받아들이는 듯했다.

감독이 내뱉은 말에 담긴 의미를 알아챘다면 얼굴색에 변화가 있었어야 했다.

'장비도 없이 오다니. 이런 마당에 실력은 무슨……'

지금은 오프 시즌이 아니었다.

말 그대로 플레이 시즌 중이다.

몸이 어느 정도 만들어 있지 않으면 메이저리그에서는 버틸 재간이 없었다.

상황이 여의치 않을 때는 원정 경기를 나서야 한다.

비행기와 버스를 타고 장거리 이동을 감수해야 하는 바닥이다.

체력과 정신력.

그리고 실력까지 받쳐줘야 살아남을 수 있는 그야말로 약육강식의 세계.

이곳은 말 그대로 밀림이었다.

"그럼 다음에 또 뵙도록 하죠."

감독의 표정이 불편해지자 제시카가 자리에서 일어섰다.

"제시카 로엘 양."

"네, 마리오 감독님."

자리를 비키려는 제시카를 마리오 감독이 불렀다.

"오늘은 이해하겠소. 알고도 그랬다면 다음부터는 다시 한 번 상기하는 게 좋을 거요."

"네, 그렇게 하겠습니다. 실례가 많았습니다."

시즌 중 스카우터들은 감독 사무실에 출입하지 않는 게 관례였다.

하지만 신입을 대동하고 온 만큼 마리오 감독은 제시카를 한 번 봐 넘겨 주었다.

그런 사실을 이미 알고 있었던 제시카.

표정이 굳을 대로 굳은 마리오 감독과는 달리 여전히 웃는 얼굴을 유지하고 있었다.

"드루먼. 뭐해. 가서 불펜들 중에 쓸 만한 녀석들 추려 봐."

"넵! 보스!"

메이저리그 구단 측에서 자금을 대고는 있었지만 독립 채산제로 운영되는 마이너리그.

시즌 중 감독의 권한은 대단했다.

"잠시 뒤에 뵙겠습니다."

"……."

강민이 불펜 코치를 따라나서며 인사를 했다.

하지만 어떤 대꾸도 없이 오늘 출전하는 선수 대진표를 살피는 밥 마리오 감독.

단단히 화가 난 것이다.

자신이 쓸 장비도 없이 얼굴을 들고 온 신입.

머저리 같은 짓이다.

메이저리그의 바로미터라고 할 만한 팀.

근 100여 년의 역사를 자랑하는 마이너리그 트리플 리그 명예에 똥칠을 하는 행동이다.

저따위 준비로 하다가는 메이저리그는커녕 한국으로 다시 돌아가야 할 것이다.

"밥 마리오 감독이 단단히 실망한 것 같아요. 제 실수예요."

"제시카, 신경 쓰지 말아요."

나 같아도 마리오 감독과 입장이 다르지 않았을 것이다.

경기에 당장 나가겠다고 말하는 선수가 막상 장비가 없다면 무슨 말이 더 필요하겠는가.

그런 선수의 태도를 어떤 누구도 신뢰하지 않을 것이다.

"미안해요. 미리 준비했어야 했는데……."

제시카는 진심으로 난처해했다.

그도 그럴 것이 첫인상을 남기는 자리.

"고마워요. 이 자리에 올 수 있었던 것도 다 제시카 덕분이에요."

나의 말 역시 진심이었다.

"기운 내요. 그래야 앞으로도 쭉쭉 잘나갈 수 있지 않겠습니까."

"민……."

사실 제시카가 나의 시시콜콜한 사정까지 봐줄 필요는

없었다.

하지만 하나부터 열까지 다 챙겨왔던 제시카.

그녀의 열정을 모르지 않았다.

휘하에 부리고 있는 직원들만 해도 헤아릴 수 없이 많을 것이다.

그럼에도 직접 나서서 나를 케어하고 있는 상황이다.

계약 관계를 떠나 진심으로 고마워하고 있었다.

사업적 입장을 떠나서도 제시카의 진심을 느낄 수 있었다.

미국에도 그런 감정이 있는지는 모르겠지만.

그건 정이었다.

"저 트럭입니까?"

"네? 네."

'후와, 저게 다 장비란 말이야?'

가까이 다가오고 있는 한 대의 트럭.

그냥 동네 1톤 수준의 트럭이 아니었다.

대형 컨테이너가 실려 있는 슈퍼 트럭.

"설마 저 안에 들어 있는 게 다 용품은 아니겠죠?"

"맞아요."

"마, 맞아요?"

"네, 한 번 들어가서 민에게 맞는 걸로 찾아봐요. 일단 최고의 제품들로 모아왔어요."

'제, 제시카.'

역시 말보다 행동이 빠른 사업가였다.

나만을 위해 전폭적인 지지를 아끼지 않고 있는 스폰서.

이렇게까지 큰 선물을 기대하지 않았다.

세상에 누가 감히 트럭째 야구 용품을 가득 담아 선물할 수 있겠는가.

한여름에 받는 크리스마스 선물과도 같았다.

"늦겠어요."

"하하, 고마워요, 제시카."

스윽.

점점 다가오는 트럭에 시선을 빼앗긴 채 대답했다.

그리로.

쪽.

"……!!"

거의 화장기가 없는 제시카의 뺨에 살짝 입술을 맞췄다.

타다다닥.

지금으로서는 고마움을 표현할 길이 그뿐.

나는 뒤도 돌아보지 않고 트럭을 향해 뛰었다.

'이건 순수한(?) 미국식 감사함의 표현이야~ 흐흐.'

불시에 당했던 알몸 성추행 사건.

그것도 제시카의 피붙이 아만다에게 당한 어머어마한
일.

말로 표현할 수 없었던 난처했던 순간이 바로 엊그제였
다.

나의 의사와 전혀 상관없이 노출돼 버린 나의 알몸과 달
리 내 처음 입술의 헌납은 자발적이었다.

물론 아찔하게 소름 돋는 연인과의 키스는 아니었다.

그러나 충분히 나에게는 도전적인 스킨십.

스스로 선택한 육체적인 접촉이 아닐 수 없다.

'어떤 놈들이 왔을까. 후후.'

야구인으로서의 첫 발걸음.

드디어 연장이 손에 들어오는 순간이다.

그라운드를 지배할 성난 사자에게 여신 제시카가 선물한
연장들.

날개를 다는 역사적인 순간이다.

"훗……."

볼에 느껴지는 따듯한 열기.

순식간에 바람에 씻겨 사라졌지만 온몸의 세포를 자극하
기에 충분했다.

그동안의 그 어떤 열정적 키스보다 감미롭고 달콤했다.

제시카는 온몸이 나른해지는 듯한 기분을 맛봤다.

스륵.

손을 올려 살며시 볼을 쓰는 제시카.

강민의 입술이 닿았던 자리를 가만히 감쌌다.

부드럽고 따듯했다.

자신의 손바닥에서 느껴지는 체온이 마치 강민의 것처럼 여겨졌다.

몇 번의 적극적인 유혹에도 흔들리지 않았던 강민.

그의 마음이 자신에게 조금은 열린 것 같은 기분이 들었다.

여자만의 본능이 그렇게 말해주었다.

"와우!!"

컨테이너 박스 쪽에서 들려오는 환호성.

마치 어린아이가 한가득 선물을 받고 지르는 기쁨의 소리처럼 들려왔다.

'당신도… 남자였어.'

그룹의 보스인 아버지로부터 교육받았던 지침이 떠올랐다.

어릴 때부터 늘 같은 교육을 반복적으로 받았다.

사업적 마인드의 첫 단추는 상대를 존중하는 것부터라고 말이다.

나이로 상대 파트너를 대하지 말라는 의미였다.

아무리 나이가 어린 사람이라 해도 사업적으로 무시하며 들어가서는 사업을 끌어갈 자격이 없다고 했다.

미국 IT 산업을 이끄는 이들 대부분이 이십대부터 두각을 나타냈다.

과거부터 성공할 사람들은 어린아이 때부터 남다른 광채를 갖고 있다고 했다.

끊임없는 교육 속에서 터득한 제시카의 사업적 시각.

그녀의 눈에 비친 강민의 모습도 다르지 않았다.

처음 한국 고등학교에서 강민을 마주했을 때부터였다.

제시카에게 느껴졌던 강민의 첫 느낌.

강했다.

그리고 3년의 시간을 건너뛰고 완벽하게 남자로 성장해 다시 눈앞에 나타났다.

운명이라고 믿고 싶었다.

"제시카, 이것들 전부 써도 돼요?"

"네~ 물론이에요."

"그럼 이 트레일러까지 다 주세요."

마치 어린아이처럼 천진한 모습의 강민.

또 다른 그의 모습과 마주하고 있는 순간이었다.

"알았어요. 주차장에 파킹해 놓을게요!"

컨테이너 한 대를 채우는 데 수십만 달러가 투자됐다.

하지만 강민이 저렇게 마음에 들어 하는 걸 보니 보람이 있었다.

보통은 몇 가지를 골라내는 게 선수들이 보이는 반응이다.

그들과 분명 통이 달랐다.

몇 개 고르는 게 아니라 통째로 요구를 했다.

제시카는 컨테이너 안으로 다시 들어가 버린 강민을 바라보았다.

'당신은… 세계 스포츠인들의 스트레스가 될 거예요.'

아직은 그 어떤 누구도 제대로 평가하지 못하고 있는 강민의 잠재력.

제시카는 확신하고 있었다.

시간이 증명해 줄 것이다.

세계 스포츠계는 강민으로 하여 엄청난 스트레스에 시달릴 게 뻔했다.

오랜 시간 동안 한 종목에 투자해 온 선수들의 당황한 모습이 눈에 보이는 것 같았다.

마치 처음 대하는 스포츠 종목들을 오래전부터 해왔던 것처럼 강민은 해낸다.

높은 몸값으로 강자의 자리에 군림하던 몇몇 선수는 혼

란에 빠질 것이다.

투자를 아끼지 않는 만큼 돌아올 것이 많은 최고의 상품.

그가 지금 눈앞의 컨테이너 안에서 어린아이처럼 좋아하고 있다.

"루루~ "

완전 신났다.

딱 한 번 이 순간의 감동과 비슷했던 시절이 있었다.

물론 부모님이 살아 계셨을 때의 기억이다.

어렸을 때 장난감 선물을 받고 잠 못 들고 설레던 그 감동.

제시카가 나를 위해 준비한 선물 세트.

그것도 트레일러를 가득 채운 최고의 야구 장비들이다.

언뜻 봐도 세계 각국의 유명 브랜드 제품들이다.

글러브만 해도 투수, 야수, 내야수 및 포수들의 것까지 포함해 수백여 종류를 비치해 놓았다.

그뿐인가.

배트는 또 어떤가.

가벼운 것에서 무거운 것까지.

연습용도 종류별로 수십여 가지다.

부수적으로 필요한 물품들 또한 빠뜨리지 않았다.

보호대, 장갑, 연습용 헬멧에 양말 하나까지 전부 구비돼 있었다.

입이 심심하지 않도록 질 좋은 껌에 해바라기씨까지 준비해 놓았으니 말해 뭐하겠는가.

제시카의 철두철미한 성격을 엿볼 수 있는 건수가 아닐 수 없다.

한 개인을 위한 투자라고 보기 힘든 스케일이다.

나 한 명이 아닌 팀 전체가 사용해도 될 만큼 엄청난 물량이 대형 트레일러를 가득 채웠다.

다시 한 번 제시카에게 물품 사용에 관한 확답을 받았다.

그리고 나와 궁합이 맞을 듯한 장비들을 가벼운 마음으로 골랐다.

먼저 야구백.

그리고 방망이 세 개와 손에 착 감기고 착용감이 좋은 투수용 글러브 세 개.

장갑에 양말까지 챙겨 넣었다.

즐거운 휘파람이 입술을 비집고 절로 흘러나왔다.

아직 팀 복을 지급받지 못한 상황.

트레일러 안에서 간편한 트레이닝복을 한 벌 골라 입고 나왔다.

야구백을 어깨에 둘러메고 클럽 하우스로 향했다.

'클러비들한테 팁을 좀 풀라고 했겠다…….'

클럽 하우스의 분위기 파악을 둘 필요가 있었다.

더블A 이상의 경기장에는 클럽하우스 매니저인 클러비들이 상주해 있다.

공식적인 관례는 아니지만 클럽 하우스에서 전반적으로 편안한 생활을 위해서다.

그런 클러비들에게 적당한 호의를 보이는 게 좋다고 했다.

물론 풍문에 떠도는 정보로 얻어들은 얘기지만 틀린 말은 아닌 듯했다.

선수들의 빨래, 공 닦기, 야구 물품 정리 등.

하다못해 그라운드를 정리하는 것까지 손을 보는 클러비들.

거의 모든 클러비가 계약직으로 운영되고 그중에서도 운이 좋아야 정식 직원이 된다고 했다.

그럼에도 불구하고 경쟁률이 높은 직종이었다.

급여는 최저 임금이고 플레이오프 시즌에는 자정이 지나서야 일이 끝나는 직업이다.

그렇다고 출근 시간이 늦춰지는 것도 아니었다.

하지만 한 번 입사를 하게 되면 웬만해서는 그만두지 않는다고 했다.

우선 선수들이 건네는 팁이 많았다.

또 클러비들만이 획득할 수 있는 유명 선수들의 친필 싸인 볼과 유니폼 등이 있었다.

그것들을 판매해 얻는 부가 수익이 더 큰 비중을 차지했고 최고의 장점이었다.

구단을 구성하는 또 다른 이름의 선수들이 바로 클러비들인 셈이다.

그런 사실을 잘 알고 있었을 제시카.

사업 수완도 좋지만 몇 발은 더 앞서 나의 진로를 생각하고 있었다.

미리 그들에게 풀 수 있도록 지갑을 두둑하게 채워 놓은 것이다.

말 그대로 이곳은 마이너리그.

메이저리그 본 구단과 달리 마이너리그 구단 클러비들의 수확도 선수들 연봉만큼이나 박했다.

당연히 팁도 궁할 수밖에 없었다.

그나마도 트리플A는 부상 선수들이 수시로 들락거리는 곳.

하지만 넉넉한 생활을 하기에는 턱없이 부족한 연봉과 팁일 수밖에 없다.

사정이 이렇다면 나의 팁 공세가 적잖은 파장을 일으킬

수도 있을 것이다.

'무조건 큰물에서 놀고 봐야 해.'

하다못해 선수들은 고사하고 클러비들도 메이저리그 구장과 사정이 다르니 말해 뭣하겠는가.

떡집에 안면이라도 터놔야 얻어먹을 수 있는 떡고물.

낙수 효과 이론은 어느 바닥에 가도 적용되는 것이다.

"어디 가세요?"

안내 표시를 보며 걸음을 옮기고 있었다.

그리고 홈팀이 사용하고 있는 3루 쪽 클럽하우스로 향했다.

그때 나의 뒷덜미를 붙잡는 한마디.

'오~ 클러비?'

돌아보니 한 여성이 서 있었다.

그녀가 나를 불러 세운 것이다.

유니폼을 입고 있는 여성.

프레즈노 그리즐리스를 상징하는 아메리카 회색 곰이 새겨져 있다.

머리에는 산뜻한 색상의 캡을 썼다.

이십대 초반 정도로 보였다.

이런 촌구석에는 다소 어울리지 않을 예쁜 여성이었다.

며칠 동안 눈에 익었던 제시카와 아만다가 아닌 다른 여성을 마주해서였을까.

175 정도는 돼 보이는 키에 몸에 딱 맞는 유니폼이 꽤 잘 어울리는 게 첫눈에도 호감이 갔다.

몸에 딱 맞는 청바지에 가는 팔이 드러난 반팔 유니폼.

제시카가 시도한 드레스 코드와 유사한 분위기였지만 확실히 젊음이 다르긴 달랐다.

화려하지 않은 청순함.

거의 허리까지 찰랑거리는 연갈색 웨이브 진 긴 머리칼.

햇볕에 그을린 듯 건강한 빛깔의 피부가 눈에 띄었다.

나를 불러 세운 채 빤히 쳐다보고 있는 클러비.

큰 눈과 오뚝한 콧날.

진하지 않은 립스틱이 도톰한 입술을 더욱 매력적으로 보이게 했다.

눈꼬리가 살짝 치켜 올라간 것이 언뜻 도도하게 보이는 인상을 주고 있기도 했다.

뜯어보면 뜯어볼수록 묘한 매력을 풍기고 있는 클러비.

대답이 없자 그녀의 입술 끝이 살짝 움직였다.

성격이 보통은 아닐 듯해 보였지만 더불어 남자 가슴을 울리기에 충분한 섹시함이 묻어났다.

남자의 정복욕을 자극한다고나 할까.

"경기하러 왔습니다."

"네? 경기요?"

그녀가 머리를 갸우뚱해 보였다.

그때 귓불에 매달린 작고 붉은 보석이 박힌 이어링이 반짝였다.

마치 그녀의 감춰진 도발적 매력을 뽐내는 듯했다.

휙휙.

연한 하늘색 눈동자를 반짝였다.

그러더니 재빨리 나를 위아래로 훑었다.

"여긴 사회인 야구장이 아니에요. 선수들만 출입할 수 있는 곳이에요."

"그게 아니고……."

"못 들으셨어요? 지금 경기를 앞둔 선수들이 예민한 상태니까 어서 돌아가세요."

나의 말을 들으려 하지도 않고 충고를 날리는 클러비.

"제 이름은 강민입니다. 잘 부탁합니다."

"…무슨 짓이에요? 관광객이에요? 여긴 구장 클럽하우스에요. 함부로 들어와서는 안 돼요. 무장한 경비원이 바로 요 문 앞에서 대기 중이에요. 어서 나가세요."

나에 관해서는 전혀 알지 못하고 있었다.

하긴 알고 있다면 그게 더 이상한 일이었다.

'제인 루시아.'

유니폼 가슴 한쪽에 걸린 그녀의 명찰이 눈에 띄었다.

"제인, 오늘 발령 받은 선수예요. 감독님께서 경기 출전을 명해서 왔어요."

"네? 저, 정말인가요?"

아직 나에 관한 전반적인 정보가 공유되지 않고 있었다.

"어제 입단 계약을 했고 오늘부터 이곳 프레즈노 그리즐리스 투수로 뛰게 됐습니다."

"흠……."

진지한 나의 말과 태도에 살짝 고개를 갸우뚱하는 제인.

끼릭.

그때 클럽하우스로 통하는 문이 열렸다.

"강민, 아직도 여기서 뭐하나. 어서 들어와!"

불펜 코치 드루먼이었다.

"코치님, 이 사람 정말 팀 선수 맞아요?"

'왜 사람 말을 못 믿어~ 속고만 사셨나.'

깐깐한 여성이었다.

사실 나를 선수로 보기에도 무리가 없지는 않았다.

이미 다른 선수들은 연습을 하고 있었다.

아직 팀 유니폼도 받지 않은 나.

소속 팀 선수인지 알아본다는 게 무리였다.

야구화에 트레이닝복 차림.

백에 넣고 나타난 것은 새 배트와 새 글러브.

그 어떤 또라이가 경기 출전을 눈앞에 두고 새것들을 챙겨 구장에 나타나겠는가.

"제인, 인사해. 오늘 새로 합류한 선수야."

"강민입니다."

"지, 진짜였군요. …그런데 제 자료에는 이런 동양 선수가 없었던 걸로……. 다른 팀 루키리그에서 온 건가요?"

클러비도 모르는 나의 정체.

현실이었다.

선수가 얼마나 많은지 돌멩이 차이듯 차인다는 루키리그.

졸지에 루키 출신이 돼버렸다.

대부분 대형 선수들의 빅딜에 옵션으로 딸려 나가는 운명들.

그게 바로 마이너리거들이 안고 있는 현실이었다.

"나도 몰라. 감독님도 오늘 연락 받았대."

"세상에? 그럼 어제 계약서 쓰고 오늘 출전한다는 말이 정말인 거예요?"

제인의 두 눈이 흰자위가 다 보이도록 커졌다.

"강민이라면……? 코리아에서 온 거예요?"

삽시간에 나에 관한 호기심으로 흥분상태가 된 제인.

"제인, 감독님이 따로 말씀해 주실 거야. 자, 가자고."

"이게 말이 돼요? 구단 홍보직원이 소속 선수를 파악 못 했다는 게……."

"하하, 제인. 자책하지 말라고. 여긴 메이저리그가 아니 잖아."

'그랬었군. 어쩐지…….'

제인은 클러비가 아닌 구단 홍보직원이었다.

하긴 보기 좋은 꽃이 향기까지 훌륭하면 금상첨화였다.

아메리카도 외모가 재산으로 평가되는 평범한 인간 세상 이었다.

"그럼."

꾸벅.

나는 제인을 향해 목 인사를 하고 드루먼 감독이 서 있는 곳으로 몸을 돌렸다.

"자, 가지. 내가 자네까지 찾아다녀야겠나. 경기 시작 전 인데 팀 선수들과 인사는 해야지."

"넵!"

불펜 코치 드루먼은 성격이 서글서글한 듯했다.

인상도 마리오 감독과 달리 편안했고 나이 역시 사십대

후반 정도로 까칠한 나이 때는 지난 것 같았다.

툭툭.

내가 다가가자 어깨를 두어 번 두들겨 주었다.

그리고 서글서글한 웃음을 띤 채 클럽하우스 문을 직접 열었다.

"요즘 분위기가 안 좋아. 선수들이 짓궂게 장난을 좀 쳐도 이해하라고."

"네."

"동양 선수들한테는 낯선 문화일 수도 있지만 천천히 적응될 거고. 어려운 점 있으면 언제든 와서 물어."

"네, 코치님."

툭툭 내뱉는 듯한 드루먼의 말투에서 그의 마음이 느껴졌다.

상황이 상황인 만큼 선수들이 호의적으로 대하지 않을 것을 나도 잘 알고 있다.

"자네 시민권자 또는 영주권자인가?"

"네?"

"하하하, 영어가 아주 유창하군."

"아닙니다."

"그래? 나보다 더 발음이 근사해."

"준비를 좀 했습니다."

"그랬군. 그 정신이면 됐어. 자, 가서 몸 좀 풀어보자고. 앞으로 자네는 나와 함께해야 할 것 같으니 말일세."

'불펜 코치가 담당이라고…….'

투수 코치가 아닌 불펜 코치가 담당이라는 말이었다.

자이언츠 관계자들이 보는 나의 가치가 정확하게 모습을 드러내는 순간이었다.

상관없었다.

나에 대한 가치는 언제든 뒤집어질 수 있다.

천하의 강민에 대한 가치가 겨우 불펜 투수로 기용됐다는 게 살짝 불편할 뿐이다.

대신 뒤엎을 기회가 더 많아졌다고 보면 된다.

'제대로 한번 놀아주겠어.'

시원하게 한판 놀아볼 생각이다.

어차피 나의 본래 목표는 취업 비자를 최대한 빨리 받고자 함이다.

그 목표에 도달함과 동시에 머니와 명성을 함께 얻을 수 있다면 나쁠 게 없다.

밑에서부터 시작하는 야구 선수 생활.

텃새를 부린다면 최대한 즐겨줄 것이다.

나는 아쉬울 게 없었다.

당장 며칠만 지나도 쩔쩔매며 아쉬워할 입장은 구단 관

계자들이었다.

까아앙!

'이번 이닝도 난타를 당하는군. 쯧쯧.'

클럽하우스를 한 바퀴 돈 뒤 곧바로 경기장에 투입되었다.

시간도 많이 지체되었다.

다른 선수들은 이미 그라운드에서 몸을 풀고 난 뒤였다.

나는 3루 쪽 홈팀 덕아웃 구석에 구겨져 경기를 지켜보고 있었다.

'구려도 너무 구려. 해도 너무하는군.'

이래 봬도 명색이 메이저리그 바로 밑의 팀이었다.

게다가 나에게 주어진 자리는 가장 구석진 자리의 살짝 망가진 락커룸.

클럽하우스도 실력 위주로 돌아갔다.

사용하기 편하고 쓸 만한 자리들은 모두 임자가 따로 있었다.

거의가 모두 메이저리그에서 부상당해 내려온 선수들의 자리.

나 같은 신입이나 하위 마이너리그 출신들에게는 차례가

돌아오지도 않는 듯했다.

알아서 가장 좋지 않은 곳을 찾아 쓰는 게 관례처럼 돼 있을 정도라고 했다.

실력이 깡패고 능력이 위계질서를 잡는 메이저리그.

나이도 상관없었다.

아무리 경력이 많고 연식이 오래돼도 실력에서 밀리면 그만이었다.

연봉 높고 실력 받쳐주는 사회 초년생에게도 밀리는 세계.

하물며 감독도 함부로 대하지 못하는 대형 선수들은 락커룸에서도 왕처럼 군림했다.

망가진 락커룸에 짐을 정리해 넣고 유니폼으로 바꿔 입었다.

가슴팍에 회색 곰이 떡하니 새겨진 프레즈노 그리즐리스 팀 복.

'무슨 냄새야, 이게.'

새것으로 주면 어디 덧나나, 누가 입다 던진 것을 주워온 듯한 유니폼.

차별은 한두 가지에서 나타나는 게 아니었다.

이름도 없이 달랑 등번호만 남아 있는 유니폼이었다.

신품도 아닌 낡은 유니폼.

다행히 다들 한 덩치 하다 보니 사이즈는 맞았다.

어쩌나 작거나 아주 컸다면 등판부터 우스운 꼴을 연출하게 될 뻔했다.

쫄티나 박스티를 입고 등장한 신인 선수의 첫 등판.

"젠장, 오늘도 이렇게 지는 거야?"

"퉤퉤. 내가 던져도 저것보단 낫겠어."

"퉤엣! 내 말이."

"찌익!"

이미 기가 꺾일 대로 꺾인 프레즈노 그리즐리스 팀.

지나간 버스를 원망하듯 승리에 대한 욕구불만을 터뜨리고 있었다.

같은 팀 투수를 향한 경멸의 말과 시선.

아예 실력을 떠나 인간적으로 무시하는 것처럼 보였다.

발밑에 침까지 퉤퉤 뱉으면서 거칠게 말을 주고받는 선수들.

연속 패배의 쓴잔을 마시고 있었던 팀답게 신경들이 예민한 듯했다.

성적이 바닥을 기자 코칭 스태프를 비롯해 선수들의 얼굴이 하나같이 험상궂게 일그러졌다.

감독은 나를 있는 듯 없는 듯 대했다.

새로 영입된 선수임에도 불구하고 다른 선수들에게 소개

도 해주지 않았다.

아무래도 단단히 찍힌 듯했다.

경기 전 몸을 풀고 덕아웃으로 들어온 선수들에게 잔소리를 하며 험악한 분위기를 만들었다.

그렇지 않아도 사기가 떨어져 있던 선수들.

시합 전부터 잔소리 세례를 받은 만큼 분위기도 다운됐다.

구석에 처박혀 있던 나는 인사할 기회를 놓쳐 버렸다.

제시카가 말했던 것과 약간의 차이가 있는 나의 메이저리그 무대를 향한 첫 경험(?).

죽상이었다.

평생 기억에 남고도 남을 순간이었다.

아주 쉬트였다.

'저것 갖고 어디 에너지가 되겠어.'

선수들이 수시로 손을 대는 간식 코너.

빵과 쨈.

바나나와 해바라기씨에 풍선껌.

그리고 음료로 게토라이밖에 눈에 띄는 게 없었다.

기본적인 음료와 간식이 제공되고 있었다.

메이저리그 야구장에서 선수들이 수시로 먹는다던 고급과일과 여타의 간식은 보이지도 않았다.

내가 있는 쪽 가까운 곳에 놓여 있는 모닝 빵과 잼, 그리고 사과와 바나나.

'출출한데… 맛 좀 볼까.'

경기는 나와 전혀 상관없이 개판 오 분 전이 돼가고 있었다.

고작 4회 초밖에 되지 않았지만 선발 크릭은 7실점으로 무너졌다.

상황이 그렇게 돌아가고 있음에도 감독은 제스처를 취하지 않고 있었다.

인상만 잔뜩 쓰고 선수를 교체하려는 생각을 전혀 하지 않았다.

투수로 짐작되는 이들 대부분이 지쳐 보였다.

애써 감독과 코치들의 시선을 피하는 듯한 이들.

선발진이 무너지면서 계속해서 무리를 한 것 같았다.

나는 모닝 빵 한 개를 들어 조금 뜯어 입에 넣었다.

'흠~ 빵 맛 좋네.'

보기와 달리 맛이 좋았다.

아직 굳지 않아 속은 부드럽고 맛있는 모닝 빵.

슥슥.

빵을 두 쪽으로 찢어 그 안에 딸기잼을 발랐다.

잼은 질이 좋아 보였다.

생생하게 알갱이가 살아 있는 딸기잼이 입맛을 자극했다.

"어이 루키, 잼 발랐으면 빵 이리 갖고 와봐."

휙휙.

나는 주변을 둘러봤다.

'뭐야, 지금 나한테 말하는 거야?'

막 빵을 입에 넣으려는 순간이었다.

투수들이 몰려 앉아 있는 자리에서 나를 겨냥한 한마디가 날아왔다.

스윽.

나는 목소리가 들린 쪽으로 고개를 돌렸다.

"뭘 봐? 빵 좀 갖고 오라니까."

'…어디서 봤다고 반말이야.'

이십대 후반 정도로 보이는 선수 한 명이 거만하게 앉아 나에게 손짓을 했다.

한쪽 팔은 건방진 자세로 늘어뜨린 채 다리를 달달 떨고 있었다.

감독과 코치들이 가까운 자리에 앉아 있었지만 개의치 않는 듯했다.

"지금 저한테 하는 말입니까?"

정중하게 되물었다.

"그럼 여기 너 말고 또 누구 있어? 잔말 말고 가져와. 배고파."

'아쭈!'

기필코 착하게 살고자 등번호도 88로 선택했다.

하지만 이런 식의 시비는 또 상황을 달리 해석해야 한다.

씨익.

부드러운 미소를 짓고 그의 눈을 정확하게 응시했다.

"니가 가져다 드세요."

간단하고 쿨하게 영어 한마디 날렸다.

"뭐, 뭐라고! 갈릭 냄새 풀풀 풍기는 자식이!"

'허어라. 인종 차별까지 하는 거야?'

"클클, 오스턴. 좀 봐줘. 그러자 저 녀석 쫄아서 지 엄마한테라도 이르면 어쩌려고 그래?"

"맞아. 동양에서는 마미가 총도 무서워하지 않는 무적 군이라더라."

"그래, 나도 들었어. 다들 마미 마미만 찾는다지."

한자리에 모여 있던 세 명의 선수가 함께 나를 두고 비아냥거렸다.

대놓고 나를 비웃었다.

나이는 얼추 삼십대 정도로 보였다.

다른 선수들이 함께 끼어들거나 눈치를 주지 않는 것으

로 보아 출신이 다른 것 같았다.

아마 메이저리그 무대 경험이 있는 선수들인 듯했다.

반응은 코치들도 마찬가지였다.

덕아웃이 협소한 만큼 그들이 나에게 퍼붓는 야유를 들었을 텐데도 아무 말 하지 않았다.

아니, 애써 듣고도 무시하고 있는 눈치였다.

앞서 드루먼 코치가 했던 말이 떠올랐다.

기존 선수들이 나에게 짓궂은 장난을 칠 거라고 했던 말.

언어폭력도 그중 한 예였던 듯하다.

"좋은 말로 할 때 가져와. 신참 주제에 어디서 개겨?"

아주 매를 못 벌어 안달이 나 있는 인사로 보였다.

우적우적.

나는 대꾸하지 않은 채 그를 향해 눈을 뜨고 빵을 입에 넣었다.

그리고 입안에 퍼지는 딸기잼 향기를 음미했다.

턱에 힘을 주어 입안을 가득 채운 빵을 우적우적 씹었다.

'오! 맛 좋네.'

"음~"

나는 지그시 눈을 감았다.

보기에는 그저 그랬지만 맛은 꽤 괜찮았다.

또로록.

생수통에서 물을 한 잔 받았다.

꿀걱꿀걱.

빵과 함께 마시는 시원한 물 한 잔.

일단 빵은 합격점이었다.

휘익.

덥석.

순간 나를 향해 날아든 의문의 물체.

재빨리 손을 뻗어 가볍게 낚아챘다.

'조용히 있다 간다니까 왜들 이러는지⋯⋯.'

지금까지 쌓였던 스트레스를 나에게 풀 심산인 듯했다.

죽으려고 맘먹으면 뭔 짓을 못 하겠는가.

낚아챈 것은 씹다 뱉은 껌을 싼 종이였다.

"후후."

나는 입술 끝에 묻은 딸기잼을 혀로 핥으며 살짝 웃음을 흘렸다.

기분 좋게 데뷔전을 치르고 싶었던 게 나의 솔직한 심정이었다.

하지만 감독부터 그 어떤 누구도 도움을 주지 않았다.

조용하고 차분하게 고개를 들었다.

이미 나의 입가에는 평소와 다른 미소가 걸려 있었다.

"기분 나쁘냐? 하여간 동양인 새끼들은⋯⋯."

덕아웃 안에 동양인은 오로지 나 한 사람밖에 없었다.

까만 피부의 선수들이 세 명 보였지만 그 밖의 유색인종은 나 한 사람뿐.

노골적으로 나를 겨냥해 공격하고 있었다.

까아아아앙!

"홈런!!!"

그때 경기장에 울려 퍼진 아나운서의 강한 목소리.

공을 친 타격음이 맑은 소음을 장내에 퍼졌다.

"야~! 곰은 무슨 곰이냐~! 오리 해라 오리~ 이게 경기라고 하는 거냐?"

"우우우우우!"

"꺼져라! 이 멍청이들아!"

후두두둑.

급기야 2점짜리 홈런까지 터져 버렸다.

바로 덕아웃 위에서 소란이 일었다.

관중석에서 온갖 쓰레기들이 덕아웃 바로 앞에 떨어지기 시작했다.

"……."

덕아웃 내는 순식간에 정적이 흘렀다.

홈팀 팬들에게까지 외면을 받게 된 최악의 상황까지 몰린 것이다.

그 기운이 오늘 첫 출근 한 나에게까지 전해졌다.

"어이 거기. 너 몸 풀고 바로 나와."

스스슥.

뒤쪽에서 밥 마리오 감독의 목소리가 들려왔다.

거의 경기를 포기한 듯한 음성이다.

그리고 투수 교체를 위해 마운드 쪽으로 걸어 나갔다.

그런 그의 뒷모습은 패기나 열정 따위는 하나도 보이지 않는 상태였다.

덕아웃 내에 있던 선수들의 시선이 일제히 나에게 쏠렸다.

'뭐야, 진짜 나를 말한 거야?'

지금이 어떤 상황인지 정도는 나도 잘 알고 있다.

이 정도 야구 경기 흐름은 약간의 관심만 있어도 다 아는 일.

패배가 확실시되는 경기.

준비된 선발이 무너지기 시작한 후 투입되는 패전 처리반.

메이저리그를 목표로 하고 왔지만 그라운드에 첫발을 내딛는 나의 모습이 썩 좋아 보이지 않는 상황이다.

하지만 공식적인 첫 출전 명령인 것만은 확실하다.

그것도 전혀 생각지 못했던 패전 처리 투수반.

"가서 몸 풀자."

불펜 코치 드루먼이 나에게 다가오며 말했다.

불펜이 가동되지 않아 자리를 지키던 드루먼.

불펜 대기실에 몇몇의 선수가 분명 있었음에도 불구하고 마리오 감독이 나를 콕 찍은 것이다.

아무리 불펜 투수라 해도 몸을 풀지 않고는 등판할 수 없다.

"…됐습니다."

"뭐?"

"바로 올라가겠습니다."

"헛, 지금 말이라고 하나?"

"괜찮습니다. 연습 투구 같은 거 필요 없습니다. 힘만 빠지죠."

매도 먼저 맞는 게 낫다고 했다.

보여줄 수 있는 기회가 왔을 때 확실히 눈도장을 찍어봐야 한다.

턱.

옆에 놓아두었던 윤기가 반들반들 흐르는 새 글러브를 집어 들었다.

처벅처벅.

드루먼이 어이없다는 표정으로 나의 움직임에 따라 시선

을 옮겼다.

다른 선수들은 더욱더 어처구니없다는 표정으로 나를 쳐다보았다.

개의치 않았다.

덕아웃 밖으로 걸음을 옮겼다.

순간 눈을 찌르며 쏟아지는 야간 조명등의 강력한 불빛.

이름도 모르는 스폰서 광고판이 반짝였다.

블랙의 펜스들이 밋밋한 야구장과 묘한 조화를 이루고 있었다.

나를 향해 쏟아지는 조명 불빛에 섞어 관중들의 시선도 함께 몰렸다.

아메리카 드림을 꿈꾸며 상상했던 메이저리그 데뷔는 아니었다.

하지만 상관없다.

쿵!

쿵!

쿵!

덕아웃에 앉아 있을 때와 사뭇 기분이 달랐다.

생각보다 더 짜릿한 무엇이 가슴을 울리고 있었다.

기분 좋은 심장의 떨림.

메이저리그로 향하는 첫걸음을 대딛는 순간이었다.

야구 역사 이래 한 획을 긋게 될 위대한 발걸음의 시작.

개봉 박두!

나는 글러브를 높이 추켜들어 관중석을 향해 흔들었다.

오늘 이 자리는 나를 위한 시간이 될 것이다.

제4장

회색곰 K

"코치님, 저 자식 뭡니까?"

"미친놈 아냐? 연습 투구도 없이 마운드에 올라?"

"아무리 막간다고 이건 아니잖아요?"

"맞습니다. 저런 루키를 투수로 내보내는 건 말도 안 됩니다."

3루 덕아웃에 앉아 있던 선수들이 술렁였다.

어이가 없기는 드루먼 코치도 마찬가지.

상식에 어긋나는 행동을 보이는 강민.

기본적인 경기 운영방식에서 완전히 벗어난 행동이었다.

투수 교체 시 불펜들이 어깨를 푸는 건 기본 상식이다.

불펜 투수가 대기하고 있었음에도 불구하고 마리오 감독은 강민을 지명했다.

연습 투구도 생략하고 확인된 게 아무것도 없는 동양인 신인 투수.

어차피 포기한 게임이라면 대기 중이던 불펜을 쓰는 게 맞았다.

그러나 그라운드에 불러 올린 것은 강민이다.

몇 개라도 연습 투구를 던질 수 있는 기회를 주기 위해 그라운드로 나간 마리오 감독.

투수 쪽으로 가고 있었다.

어차피 내려올 거라면 한 타 정도 더 버텨달라고 할 게 뻔했다.

그 시간을 강민에게 벌어주려는 것이다.

투수 교체가 정해지면 대부분 불펜 마운드로 향하는 보통 반응이다.

하지만 덕아웃에서 곧장 마리오 감독의 뒤를 따라 나갔다.

"다들 조용!"

선수들의 웅성거리는 소리에 드루먼 코치가 낮은 목소리로 소란을 잠재웠다.

"로얄 썬라이징 에이전트 사가 스폰 하는 한국 선수다. 제시카 부사장이 직접 계약을 했지. 다들 잘 봐둬!"

"헛! 제시카 로엘이 계약했다고?"

"로얄 썬라이징 사라면……."

선수들 대부분이 수비로 빠져나간 뒤의 덕아웃.

또 다른 이유로 일제히 술렁이기 시작했다.

최근 몇 년 사이에 팀에 합류한 선수들 모두 제시카 로엘의 이름을 잘 알고 있었다.

막상 야구 선수들 중에 그녀의 이름을 모르는 사람이 거의 없었다.

세계적 대기업 로얄그룹 산하의 에이전트 전문 회사.

웬만한 실력을 갖추지 않고는 그들과의 계약은 엄두도 내지 못하는 게 현실이었다.

올해 열광적인 호응을 얻으면 활동하고 있는 류와 푸이그.

다저스에서 돌풍을 일으키고 있는 코리안 특급 투수 류, 그리고 덤으로 뜨고 있는 푸이그까지 그녀의 작품이었다.

루캇 보라스 코퍼레이션과 쌍벽을 이루는 스포츠 전문 종합 에이전트사였다.

"하하하, 그 여자도 이제 한물간 거 같은데? 제시카 로엘 눈이 어떻게 된 거 아냐?"

"…맞아, 저런 애송이와 계약을 했다는 것 자체가 그런 것 같군."

"그래서 내가 루캇 보라스와 노는 거야. 어떻게 눈먼 돈 들 몇 개 주웠는지 몰라도 메이저리그는 그따위 운으로 살아남을 수 있는 곳이 아니야."

여전히 다른 선수들을 선동하며 거들먹거리는 오스턴 필립.

선수 가뭄에 몸살을 앓고 있는 자이언츠.

곧 급한 해갈을 위해 메이저리그로 착출돼 간다는 소문이 돌고 있는 그리즐리스의 주축 선발 투수다.

메이저리그와 마이너리그를 몇 년 사이 왔다 갔다 하고 있었다.

보통 실력을 갖고 있으며 40인 로터스에 이름을 올리고 있는 인물이다.

물론 트리플 팀에서 어깨를 펼 정도는 되었다.

그냥저냥 쓸 만하다는 이유로 올해 연봉 100만 달러를 찍었다.

마이너리그 선수들 사이에서는 성공한 케이스에 속한 오스턴 필립.

만여 명에 이르는 마이너리거에게 꿈의 무대인 메이저리그를 한 번이라도 찍은 선수는 부러움의 대상이었다.

여러 차례 메이저리그를 찍고 오가는 오스턴을 팀 선수들 중 몇 명은 신처럼 보았다.

"코치님, 저 치 연봉은 어떻게 됩니까?"

"입단식도 없었던 걸 보면 계약금이라도 받았을까요?"

실력이 곧 돈이고 또 능력임과 동시에 힘인 메이저리그.

메이저리그에만 이름을 올려도 최저 연봉이 수십만 달러에 달했다.

그에 비해 마이너리그 최고 연봉은 트리플A 상위 평균 연봉이라고 해봐야 10만 달러 정도였다.

프로는 돈으로 말한다는 것을 증명이라도 하는 듯한 스포츠의 세계.

냉정한 자본주의의 표상이 아닐 수 없었다.

"백만 달러."

"네! 배, 백만 달러요!"

"헉!"

"음……."

순식간에 놀라움으로 가득 찬 덕아웃.

할 말을 뱉지 못하고 입만 벌린 선수들도 보였다.

물론 샌프란시스코 자이언츠 구단에서 부상 회복차 내려와 있는 선수들도 몇 있었다.

그러나 지금은 그라운드에 서 있는 상황.

팀 선수 사정이 좋지 않았다.

연속 경기에서 패하면서 같은 지구에서 꼴찌를 면치 못하고 있었다.

전체 메이저리그에서도 뒤에서 세는 게 빠를 정도의 성적을 내고 있는 전년도 우승 팀.

계약금 백만 달러는 결코 적은 액수가 아니었다.

꽤 유망한 신인들에게나 투자되는 액수.

하지만 막 그라운드에 올라간 애송이에 관한 정보는 들은 바가 없었다.

그렇다면 전혀 이름이 알려지지 않았다는 것.

"저 보이스카웃 같은 루키 녀석이 백만 달러를 받았다고요? 단장이 미친 거 아니에요?"

순간 자리를 박차고 일어난 오스턴.

볼펜 코치를 향해 따지고 들었다.

자존심이 달린 문제였다.

더블A 수준 정도로 평가받는 코리안 리그.

다저스에 합류한 류 덕분에 올 한 해 한참 거론되기도 했었다.

하지만 그저 그런 선수들의 놀이터 정도 수준으로 여겼다.

마이너리그나 메이저리그 방출 선수들이 주전 투수 역할

을 하는 곳으로 돈을 벌러 가는 곳이 코리안 리그였다.

"충격적인 소식이 한 가지 더 있다."

드루먼 코치가 묘한 눈빛으로 오스턴을 돌아보며 말했다.

"뭐, 뭡니까?"

평소와 다소 다른 느낌의 드루먼 코치.

오스턴은 기분이 별로 좋지 않았다.

"곧 확인하게 될 거다."

드루먼은 아침에 확인했던 강민에 관한 계약 조항들을 떠올렸다.

분면 97마일의 강속구를 던진다고 정확하게 씌어 있었다.

"97마일 강속구를 던진다고 하더군."

"97마일!!"

물론 직접 눈으로 확인하지 못한 보고서의 내용일 뿐이다.

"오우!"

옆에서 듣고 있던 선수들이 감탄사를 터뜨렸다.

하지만 표정은 믿을 수 없다는 모습이다.

투수들 가운데 가장 입지가 탄탄한 이들이 바로 강속구 투수였다.

빠른 구속과 정확한 투구로 삼진을 잡는 그라운드의 지배자.

그들 위에 군림할 수 있는 이들이 없었다.

그만큼 강속구 투수는 권좌에 앉을 수 있는 자격이 주어진다고 해도 과언이 아니었다.

"네, 선수 교체가 이루어지는군요."

"마리오 감독의 선택이 약간 늦은 감이 있습니다."

"토미존 수술 뒤 과거 구속을 찾지 못하고 있는 크릭 헤스톤 선수는 시즌 중 방출될 수도 있겠군요."

"그렇습니다. 아무래도 노장인 만큼 다시 한 번 메이저리그 무대를 노린다는 게 어려울 것 같습니다."

"그간 잘 싸워왔습니다. 크릭 헤스톤 선수는 프레즈노 출신이죠. 그의 부친이 오렌지 농장을 했다지요."

"네, 저도 잘 알고 있습니다. 팔이 고장 나기 전까지 프레즈노 그리즐리스에서 메이저리그에 진출한 스타였던 선수가 크릭 헤스톤 아닙니까. 다저스와의 경기 때 98마일 강속구를 던지면서 일곱 명의 타자를 연속 삼진 아웃 시켰을 때는 정말 최고였습니다."

"그때 대단했죠. 크릭 선수가 투구를 할 때 펍에서 마시던 맥주 맛을 지금도 잊을 수 없습니다."

"하하하, 맞습니다. 저도 생각납니다. 친구들과 크릭의 이름을 연호하며 삼진을 잡던 순간 잔을 비웠었죠."

그라운드로 나온 마리오 감독의 선수 교체 제스처를 읽고 아나운서들이 중계를 했다.

한때 폭주기관차처럼 달리던 크릭 헤스톤 선수.

그의 지난 플레이들을 떠올리며 지역 방송국 아나운서들이 말을 주고받았다.

최근 마이너리그 경기도 공중파 방송으로 중계가 되고 있었다.

대신 중앙 방송 중계가 아닌 지역 방송국에서 송출하는 형식을 띠었다.

워낙 땅덩어리가 넓은 데다 메이저리그 팀이 없는 주나 도시가 많다 보니 생겨난 문화였다.

각 주나 도시에서 플레이하는 마이너리그 팀을 응원하는 사람들이 의외로 많았다.

메이저리그와 달리 입장료도 저렴해 10불 정도면 편안한 오락을 한 게임을 즐길 수 있는 여건이 되었다.

특히 지역 야구단일 경우 시민들의 애정과 인기몰이는 대단했다.

스포츠에 대한 각별한 애착을 보이는 민족이 아메리카 사람들.

그러다 보니 응원하는 팀에 대한 열성이 도를 넘어 강한 집착으로 바뀌는 경우도 많았다.

오늘도 연패를 이어가고 있는 프레즈노 그리즐리스.

지구 최하위를 박박 기고 있음에도 그들을 보러 온 관중 수는 1만이 넘었다.

메이저리그 선수층이 두터워지면 구단에 속한 마이너리그에서 뛰는 선수들 사정도 덩달아 좋아졌다.

한두 명의 선수가 뛰어나다고 해서 우승을 잡을 수 있는 야구가 아니었다.

아홉 명의 주축이 되는 선수가 실력이 고루 배분되어야 승리할 수 있는 스포츠.

실력파 선수들이 넘치면 당연히 우승하는 횟수가 늘었다.

하지만 올해는 정반대 결과가 초래되고 있었다.

3년 동안 두 번이나 메이저리그를 재패한 경력.

덕분에 게임을 한 선수들의 몸값은 천정부지로 뛰었다.

게다가 FA로 풀리는 선수들도 거의 잡지 못했다.

선수들 역시 연승에 익숙해지면서 굳이 승리에 대한 욕심을 부리지 않았다.

3년 이상 선수 생활을 한 이들도 연봉 조정 자격이 주어지면서 더 많은 연봉을 제시하는 구단으로 몸을 뺐다.

구단 역시 간판스타나 미래 유망주들을 몇 제외하고 모두 팔아넘기기에 바빴다.

메이저리그 우승을 위해 몇 년 동안 투자했던 자금을 회수하는 방법이기도 했다.

그러면서 마이너리그 유망주들을 키우거나 사들여 다음 기회를 노렸다.

샌프란시스코 자이언츠가 딱 그런 형태의 구단 운영 방식을 갖고 있는 대표 주자였다.

"아, 그런데 오늘 새로 올릴 투수가 있기는 한 겁니까? 그나마 쓸 만했던 투수들은 자이언츠 측에 투입된 걸로 알고 있는데 말입니다."

장내에 울려 퍼진 아나운서의 말.

"엿 먹을 자이언츠 아닙니까? 프레즈노 선수들이 핫바지도 아니고. 왜 필요할 때만 쏙쏙 빼가는 겁니까?"

약간은 이성을 잃은 듯한 중계자의 갑작스러운 발언이 뒤를 이었다.

"키터, 흥분을 가라앉히세요. 당신이 그렇게 하지 않아도 프레즈노 시민들은 꽤 열 받을 일이 많습니다."

"빌! 참 우울한 게임입니다. 올해 시즌은 나의 중계 경력 10여 년의 역사를 통털어 최악의 시즌으로 기억될 겁니다. 선수들을 다 팔아먹고 어떻게 구단을 운영하라는 건지……."

아나운서의 목소리에서 지역 팀에 대한 애정이 묻어나고 있었다.

"아! 새로운 선수가 당장 하는 것 같군요. 이건 어떻게 된 일입니까. 불펜 쪽이 아닌 덕아웃 쪽에서 곧장 나오고 있습니다."

"어? 그렇군요. 덕아웃에서 나옵니다."

"하하하, 이런 경우는 없었던 걸로 기억합니다. 어떻게 된 일일까요."

"보통은 불펜에서 몸을 푼 후에 나오게 되는데… 마리오 감독이 미리 준비를 하고 있었던 걸까요?"

"그렇다면 아직 게임이 끝나지 않았다고 봐도 되는 걸까요?"

"무슨 사고가 있는 것은 아니겠죠. 지금 상황이라면 롱 릴리프를 투입하는 게 정상인데 말입니다."

"선수 등번호가 보입니다. 88번이군요."

"네, 맞습니다. 88번은 비어 있던 등번호인데요. 이게 어떻게 된 거죠?"

"제가 들고 있는 선수 명단에는 전혀 지금 상황을 예측할 만한 정보가 없습니다."

"동양 선수군요."

"네? 동양 선수요?"

그라운드에서 벌어지는 예기치 못한 상황에 아나운서들도 흥분을 감추지 못했다.

메이저리그나 마이너리그를 다 털어도 동양인 투수는 손에 꼽았다.

앞을 내다보고 몇몇을 데리고 있기는 했다.

하지만 트리플A 경기까지 올라올 만한 실력을 갖춘 선수들은 없었다.

대개 미국이나 남미 선수들이 차지하는 비율이 높았다.

지금 돌풍을 일으키고 있는 다저스의 류나 신시네티의 추, 양키스의 구로다, 보스턴의 우에하라 정도를 빼고는 그저 그런 선수들이다.

그들 또한 자국 프로리그를 점령하고 점핑한 성공 케이스들이었다.

반면 마이너리그의 수많은 경쟁을 뚫고 올라가는 이들은 드물었다.

"전광판에 이름이 떴습니다."

"여러분 전광판을 보십시오."

"어어! 저, 저건 뭡니까? 이름이 맞나요?"

"무슨 일이 있는 걸까요? 선수 얼굴도 없이 달랑 K만 떴습니다."

"K라니… 무슨 말일까요?"

"물론 이름이 K는 아니겠지요?"

"글쎄요. 그건 아니겠지요……."

중계를 하던 아나운서들도 당황한 눈치다.

앞에 놓인 선수 명단에도 전혀 기재돼 있지 않는 새로운 인물의 등장.

그것도 동양인 투수다.

전광판에 선수 얼굴과 이름이 함께 올라오는 게 맞았다.

하지만 그 어떤 정보도 없이 달랑 K라는 글자 하나만 떠 있었다.

"뭐야! 왜 이래?"

"자, 잠깐만요."

"어서 고쳐!! 왜 K만 나오냐고!!"

"서, 선수 이름을 모르겠습니다."

"뭐 어째? 어떻게 우리 팀 선수 이름을 모를 수가 있어!!"

"…죄, 죄송합니다."

"집어치워! 이게 말이 되는 소리야!!"

프레즈노 그리즐리스 구단 운영 사무실.

귀청이 찢어질 정도로 소리를 질러대는 구단 담당 사무장 에릭 핼슨.

전화기를 들고 있던 전광판 담당 기사의 얼굴이 일그러

졌다.

경기 동안 플레이 상황을 전반적으로 모두 살피는 책임자가 사무장이었다.

한눈에 그라운드를 내려다볼 수 있는 1루와 2루 사이의 명당자리.

그 위쪽 2층 사무실에 앉아 전광판을 주시하다 깜짝 놀라 담당 사무실로 전화를 넣어 호통을 쳤다.

예상은 하고 있었지만 아니나 다를까, 선발이 무너지기 시작했다.

투수 크릭 헤스톤이 홈런을 맞고 강판을 당한 것.

야구장 곳곳에서 그라운드로 쏟아지는 홈팬들의 야유 소리.

올해 들어 귀가 닳도록 듣고 있었다.

이제 더 이상 지겨워 죽을 지경에 이르렀다.

그런 상황에서 새로운 투수가 나오고 있었다.

불펜 쪽이 아니라 덕아웃에서 마리오 감독을 곧장 따라 나오고 있었다.

진행 요원이 등판하는 선수의 명단을 찾았지만 입수하지 못했다.

진행 요원에게까지도 전달되지 못한 88번 등판 선수의 정보.

그만큼 급하게 선수 교체를 하고 있는 것이라고 여겼다.

당황하는 사이 88번 투수는 몸도 풀지 못하고 마운드에 오르게 된 것이다.

팀 담당 에릭 핸슨은 상황을 이렇게 해석하고 있었다.

전광판을 담당하고 있던 기사 역시 마운드에 등장한 마리오 감독과 88번 투수를 보고 있었다.

그때 사무실에서 키 조작을 하던 기사가 실수를 한 것이다.

자신도 모르게 버튼 하나를 잘못 누른 것.

홈팀 투수가 상대편 타자를 삼진으로 잡을 때 내보내는 K를 전송해 버린 것이다.

딱 순간 전광판에 그대로 떠버린 K.

"일단 끊어!! 그리고 다들 각오해!!"

딸깍.

이미 활은 시위를 떠나 버린 후였다.

그렇지 않아도 분위기가 살벌하기만 한 프레즈노 그리즐리스.

어떻게 손을 쓸 수도 없었다.

아무리 자이언츠 측의 후원을 받고 있는 팀이라 해도 자체적으로 운영을 해나가야 하는 부분이 있었다.

마이너리그 팀도 독립적인 사업체인 셈이다.

물론 팀 선수들 중 메이저리그 팀과 계약을 맺은 이도 있었다.

그러나 팀 내에서 자체적으로 키우거나 불러 올린 이들도 많았다.

여러 상황에 노출돼 있는 선수들을 데리고 운영되고 있는 마이너리그 팀.

구성은 메이저리그 바로 밑의 팀이지만 그렇다고 구단주나 운영자들이 신경 쓸 수 없는 일들도 있었다.

메이저리그 팀은 갈아치울 수 있어도 홈구장은 함부로할 수 없는 법.

수십 년을 함께해 온 동지 같은 이들의 결속력은 과거부터 현재, 그리고 미래에까지 중요한 요소로 작용했다.

"도대체 애들 관리를 어떻게 하는 거야!! 젠장!"

에릭 핸슨의 얼굴이 있는 대로 일그러졌다.

최근 부쩍 구단주의 쓴소리가 자주 귀에 들어왔다.

공공연히 팀의 성적이 바닥을 기면서 수입이 많이 줄었다고 말을 하고 다녔다.

사정이 궁해지면서 몇몇 직원을 해고할 생각을 갖고 있었던 터였다.

물론 식사 중에 밝힐 생각이다.

프레즈노의 구단주인 카일 벅스.

그는 캘리포니아에서 첫 번째 가는 아몬드 농장의 주인

이었다.

아마 전 세계적으로도 그의 농장만 한 규모의 아몬드 농장은 존재하지 않을 것이다.

하는 일은 농장 일이었지만 이해타산을 계산하는 데 있어서는 사업가로 변모했다.

그런 카일 벅스의 눈에 나봐야 좋을 게 없었다.

자칫 눈 밖에 났다가는 해가 되기 십상인 에릭 핼슨.

쓴 입맛을 다셨다.

아무리 지역에 연고를 두고 있는 구단이라 해도 과거처럼 감싸고돌지 않았다.

돈이 안 되면 언제든 사고파는 게 가능해져 버린 야구 구단.

"K?"

"뭐야? 이름이 K란 말이야?"

"하하하, 뭐 이름이 저래? 별꼴을 다 보겠네."

구단 사무실 바로 아래쪽에서 들려오는 홈 팬들의 야유 섞인 목소리들.

"휴우……."

목을 조이고 있던 넥타이를 거칠게 풀어헤치며 한숨을 몰아쉬는 에릭 핼슨.

창문 너머 마운드를 바라보았다.

"개망신은 이 정도로 됐어. 제발 좀 버텨 봐!!"

방금 전 얻어맞은 홈런을 포함해 9점차로 벌어진 게임.

경기 중반을 향해 가고 있었다.

이대로라면 경기가 끝나는 시점에 가서는 몇 점 차로 벌어질지 안 봐도 빤한 상황.

우승 가능성은 희박했다.

제로에 가까운 이번 게임에서 버틸 수 있는 것은 더 이상 점수 차를 벌리지 않는 것뿐이다.

더 이상의 망신만 당하지 않아도 다행이었다.

구단 사무장이 아닌 프레즈노 그리즐리스의 팬으로서 에릭 핼슨은 화가 치밀어 올랐다.

몸까지 담고 있는 입장에서 더는 실망하고 싶지 않았다.

"감독, 지금 선수 바로 바꾸는 겁니까?"

투수 교체를 위해 마운드로 걸음을 옮기던 밥 마리오 감독.

등 뒤에서 주심이 그를 불러 세웠다.

마리오 감독은 선수 명단 카드를 들고 있는 주심을 향해 몸을 돌렸다.

"네?"

'저 자식 뭐야!'

그때 주심 뒤쪽으로 녀석이 보였다.

분명 불펜에서 몸을 풀고 있으라고 했던 한국인 투수.

겁도 없이 불펜 쪽이 아닌 덕아웃에서 바로 따라 나오고 있었다.

선발 투수나 경기에 참여 중인 선수가 아니고는 덕아웃에서 바로 나오지 않았다.

'갈수록 개판이군. 멍청한 자식. 기본 규칙도 숙지하지 못하고……'

당장 쓸 야구 장비도 챙겨 오지 않았던 얼빠진 녀석.

뻔뻔하기가 하늘을 찌르고 있었다.

계약금만 해도 100만 달러를 지불했다는 계약서 내용에 이가 갈렸다.

놈의 이력만 봐도 눈이 뒤집힐 지경.

밥 마리오 감독의 연봉보다 몇 배는 많았다.

메이저리그 감독들 중에서도 잘 받는 편이 연봉 20만 달러 수준이다.

선수 평균 연봉보다 낮은 경우가 파다했다.

그러다 보니 선수들도 감독 앞에서 콧대를 세우고 당당할 수밖에 없었다.

알게 모르게 감독의 역량마저도 돈으로 평가받고 있는 게 프로 세계였다.

그런 자신의 연봉보다 더 많은 계약금을 챙기고 프레즈

노 그리즐리스에 입단한 애송이.

'뻔뻔한 놈.'

"교체할 겁니다."

"알았어요. 그런데 연습 투구 안 합니까?"

간혹 불펜에서 몸을 풀지 못한 경우 심판의 권한으로 투구 8개 정도는 던질 수 있었다.

덕아웃 쪽에서 곧장 걸어 나오는 선수를 배려하는 것이다.

"알아서 하십시오."

이미 기분이 상할 대로 상한 밥 마리오 감독.

'멍청하면 손발이 고생이지.'

몸을 풀지 않은 채 근육을 쓰게 되면 백발백중 어깨에 무리가 가게 돼 있다.

무식한 데는 약도 없는 법.

어깨가 망가져도 누구를 탓할 수 없다.

원망을 한다 해도 이미 늦게 되는 것이다.

밥 마리오는 자신의 말을 듣지 않고 기어 나오고 있는 강민에 대해 심기가 불편했다.

분명 불펜에서 몸을 풀라고 말을 했다.

그래 봐야 몇 개 던지지 못했을 시간이지만 적어도 10여 개 정도는 던질 시간이 되었다.

그러나 그 역시 녀석이 걷어찬 것이다.

"감독님 죄송합니다……."

선발로 팀을 끌었던 크릭 헤스톤.

패전 투수의 멍에를 뒤집어쓸 게 분명했다.

4회 초 원 아웃 상황에서 홈런을 얻어맞으며 9실점을 냈다.

과거 크릭 헤스톤은 강속구를 던지는 대단한 투수였다.

하지만 과거의 영광은 가고 지금은 기껏 80마일 중반대를 던지고 있는 투수로 전락하고 말았다.

영광의 순간도 한순간에 지나가는 것을 눈으로 확인하고 있는 밥 마리오 감독.

물론 변화구나 기타 기종 투구에까지 실력이 좋았던 것은 아니다.

그러나 강속구가 받쳐주었기에 지금까지 마운드에 설 수 있었다.

그 어떤 투구도 강속구가 받쳐주지 못하는 투수는 마이너리그에서도 오래 살아남을 수 없었다.

현재 상황으로 봐서는 루키리그에서나 겨우 통할 만한 투구다.

"수고했어. 가봐!"

바짝 뒤를 따라온 강민.

서둘러 투수를 교체해야 했다.

고개를 떨구고 마운드에서 내려온 크릭 헤스톤.

마리오 감독에게 손에 쥐고 있던 공을 건넸다.

막 고개를 들고 1루 쪽을 바라본 크릭 헤스톤.

기다렸다는 듯 야유가 쏟아졌다.

"우우우우우!"

"어서 꺼져 버려!!"

"가서 오렌지나 더 따라!!"

성난 홈 팀 팬들의 야유를 막을 수 있는 것은 없었다.

부르르.

잠시 그대로 서 있던 크릭 헤스톤이 주먹을 불끈 움켜쥐었다.

야유를 쏟아내는 관중석에서 유난히 크릭 헤스톤의 시선을 사로잡는 것이 있었다.

팬들의 야유를 고스란히 들으면 눈시울을 적시는 사랑하는 와이프.

그리고 자신의 등번호를 새긴 셔츠를 입고 멍하니 자신을 응시하고 있는 다섯 살 난 아들이다.

서로를 안타까운 시선으로 바라보고 있는 크릭 헤스톤의 가족.

'신이시여, 한 번만, 딱 한 번만. 저 아이를 위해서 승리를 허락해 주소서!'

덕아웃을 향해 몸을 돌린 크릭 헤스톤은 속으로 외쳤다.

어둠에 서서히 물들어 가고 있는 저녁 하늘.

오늘도 역시 고향의 하늘은 전혀 달라진 게 없었다.

'……??'

그때 크릭 헤스톤의 눈에 전광판이 들어왔다.

'K?'

의아했다.

선수의 얼굴도 이름도 없었다.

K.

선수의 이름이라고 하기에는 뭔가 이상했다.

"K?"

"저게 뭐야?"

"이건 또 무슨 시츄에이션이야. 동양인이잖아?"

"아주 막가는군."

"하하하, 보라고. 그리즐리스는 이번 게임으로 완전 패잔병 신세가 돼버렸다고."

"덕아웃에게 곧장 나오고 있어. 기본자세도 안 돼 있는 거 보라고."

"야! 빌어먹을 놈들아! 여기가 너 놀이터인 줄 알아? 꺼져 버려!!"

홈팀을 응원해 왔던 오랜 애정.

그 이면에서 고개를 들기 시작한 분노가 표출되고 있었다.

마운드를 내려온 크릭 헤스톤을 향하던 야유는 88 등번호를 달고 마운드에 나온 K를 향했다.

'동양인?'

88번 등판 번호는 그간 오랫동안 비어 있던 번호였다.

그냥 봐도 꽤 낡아 보이는 유니폼.

모자를 깊게 눌러쓰고 크릭 헤스톤이 내려온 마운드를 향해 걸었다.

젊은 동양인이다.

중간 계투 정도 되는 듯했다.

신장은 헤스톤보다 장신이었고 체격도 좋았다.

탄탄하고 건장한 기운이 낡은 유니폼을 입고도 충분히 발산되고 있었다.

파밧!

'헛!'

엇갈리듯 스친 두 사람.

크릭 헤스톤은 숨이 멎는 듯한 충격을 받았다.

아주 짧은 순간이었다.

이마를 덮을 정도로 깊숙이 눌러쓴 모자.

그 아래로 마주치듯 스친 동양인 투수 K의 시선을 분명히 보았다.

어렸을 때 딱 한 번 아버지를 따라 올랐던 로키 산맥.

그때 마주쳤던 그놈의 눈빛과 닮아 있었다.

바로 프레즈노의 상징 그레이 베어의 눈빛이다.

다 성장하면 400킬로그램에 육박하는 대형 수컷 회색곰.

못지않은 강한 기운을 뿜어내며 마운드에 올랐다.

그리고 또 하나.

씨익.

웃고 있었다.

그의 입가에 분명 미소가 번져 있었다.

먹잇감을 발견하고 천천히 걸음을 옮기는 야수의 눈빛과 다 잡아 놓은 먹이를 맛보기 전의 미소 같았다.

9실점을 찍고 있는 상황.

아직은 4회 초라고 하더라도 크릭 헤스톤 역시 본 적이 없는 동양인 투수다.

그의 당당한 미소가 무엇을 의미하는지는 모르지만 소름이 돋았다.

마치 다 된 밥을 혼자 다 먹어 치우겠다는 듯한 자신감.

정체를 알 수 없는 아우라가 K를 휘감고 그를 따르고 있었다.

제5장
99마일

"얼빠진 자식!"

툭.

강판당한 크릭 헤스톤에게서 받은 공을 건네며 밥 마리오 감독이 내뱉은 말이다.

인상은 구리고 눈빛은 못마땅함을 충분히 내비치고 있었다.

'오늘 이 순간까지만 듣기로 하죠, 그런 말.'

경기가 끝난 뒤를 생각했다.

사과는 기꺼이 받아줄 용의가 있었다.

아무리 말로 설명해 봐야 눈으로 보지 않고는 믿지 못하는 세상.

팀을 이끌고 있는 마리오 감독의 입장을 모르는 바 아니었다.

하다못해 북경루에서 주방 일을 보기 전에도 이 비슷한 상황에 처했었다.

그깟 주방 일을 하는데도 시험을 치렀었는데 여긴 메이저리그 데뷔를 위한 문턱이 아닌가.

골프 부원이 될 때도 마찬가지였다.

늘 다른 그룹에 소속되기 위해선 대가가 따랐다.

조금 달라진 것이 있다면 머니다.

이 순간부터 난 머니를 받고 뛰는 프로라는 것이다.

실력이면 모든 것을 증명할 수 있다.

꾸욱.

마리오 감독에게 받은 공을 손에 쥐었다.

둘레 22.9에서 23.5센티미터.

무게 141.7에서 148.8그램.

지름 7.3에서 7.5센티미터.

왁싱을 입힌 빨간 면실로 정확하게 108개의 바늘땀을 꿰어 두른 공.

가죽으로 채워진 표면이 기분 좋게 손에 감겼다.

딱딱하고 차가운 골프공과 사뭇 다른 느낌의 질감.

모습을 달리하는 나의 운명과 비슷했다.

"K가 뭐야?"

"저 치 이름이 K야?"

자신들의 포지션을 지키고 서 있던 선수들이 한마디씩 날렸다.

'마음에 든다.'

개인적으로 나를 지칭하고 있는 이름이 마음에 들었다.

어차피 이곳은 미국.

강민이라는 이름 말고 나를 호칭할 만한 이름이 필요했다.

의도하고 내보낸 것까지는 알 수 없지만 K라는 글자가 눈에 확 들어왔다.

강민, K.

'나는 오늘부터 K다.'

잠깐 활동하고 본래 꿈을 향해 나아갈 생각이었다.

K는 본래 야구와 관련이 많은 글자이기도 하다.

투수가 삼진으로 타자를 잡아 끌어내리면 얻게 되는 명예의 훈장 같은 기록.

휘익.

심판의 사인이 떨어졌다.

이제 마운드에 오른 나에게 연습 투구를 허용한다는 사인이다.

스슥.

나는 고개를 저었다.

터더더덕.

1초도 지나지 않아 급하게 포수가 자리에서 튀어 올랐다.

그리고 나를 향해 달려왔다.

"신참! 뭐하는 짓이야? 덕아웃에서 바로 나오는 거 봤다. 몇 개라도 던져!"

눈빛만 봐도 나이가 꽤 있는 연장자였다.

체격이 꽤 큰 포수.

"……"

"어깨가 안 풀리면 부상을 당할 수도 있어! 설마 그런 것도 모르는 거야?"

"괜찮습니다. 그냥 시작하시죠."

"그러다 어깨 망가진다."

진심으로 걱정하는 눈빛이다.

"제가 책임지겠습니다."

"…그래, 그럼. 너무 무리하지 마라."

이미 이번 게임을 승리로 이끌겠다는 포부 따위는 내려

놓은 지 오래인 듯했다.

적어도 팀 동료애라도 발휘해야 한다는 심정을 내비치는 이름도 모르는 포수.

유니폼에 이름 같은 걸 새기지 않는 한 초면에 그의 이름까지 안다는 것은 무리였다.

메이저리그 각 팀은 등에 이름 박는 것을 선택 사항으로 두고 있다.

프레즈노도 마찬가지.

그러다 보니 선수들 등에는 번호만 새겨져 있었다.

'땡큐, 세븐티 브라더!'

그의 눈빛과 음성에서 마음이 느껴졌다.

덕아웃에 돼지처럼 앉아 빵을 달라던 놈과는 달랐다.

"플레이!"

주심의 눈빛이 곱지 않았다.

나름 나를 배려하기 위한 사인이었을 것이다.

자신의 성의를 가볍게 무시한(?) 나를 한 차례 노려보며 플레이를 외쳤다.

슥.

모자를 벗었다.

그리고 고개를 깊숙이 숙였다.

한때 메이저리그를 휩쓸었던 전설적인 방찬호 선수의 모

습을 떠올렸다.

마이너리그에서 눈물 젖은 밥을 먹고 메이저리그에 올랐을 때 보여주었던 동양인의 예의 바른 태도.

진정 나의 첫 직장 무대가 아닐 수 없다.

나 역시 그와 같은 민족.

이 정도 싸가지는 보여주고 시작하고 싶었다.

휘잉 휘잉.

타석에 선 상대 타자가 방망이를 힘껏 휘두르며 타격 자세를 잡았다.

햄버거와 콜라를 주식 삼아 사는 이들답게 다들 한 덩치 했다.

턱턱.

로진백을 두 번 만지다 옆으로 던졌다.

스으윽.

모자를 다시 눌러쓰고 포수를 보았다.

주변 모든 광경이 챙에 가려지고 포수의 손만이 눈에 들어왔다.

'커브?'

다리 사이에 내려진 손가락으로 커브를 요구하는 포수.

나는 고개를 한 차례 저었다.

마이너리그였지만 첫 직장 첫 투구부터 내빼고 싶지 않

왔다.

피칭은 도망을 치라는 말.

사삭.

빠르게 움직이는 포수 사인.

'오케이!'

직구 사인이다.

그것도 낮은 직구를 원하는 포수.

끄덕끄덕.

나는 고개를 살짝 들었다.

척.

그리고 공을 쥔 손을 글러브로 품었다.

상대편은 타석에 선 타자 한 사람뿐이다.

2점짜리 홈런을 날리고 각 포지션의 선수들을 싹 쓸고 들어갔다.

4회 초 원아웃 상태에서 9실점을 뒤지고 있다.

제대로 된 게임은 이제부터 시작이었다.

내 안의 기운들이 유쾌하게 춤을 추는 듯했다.

'자! 그럼 던져 볼까~'

시뮬레이션으로 가동되는 와인드업을 비롯한 투구의 완벽한 폼.

머릿속에 그려지는 영상을 그대로 옮겼다.

야구공을 감싼 실밥 한 올 한 올이 모두 느껴졌다.

네 개의 손가락 끝을 자극하는 두툼한 실밥.

제대로 된 직구를 위한 포심이다.

"K? 푸하하하. 저건 또 뭐야?"

"프레즈노 놈들 완전 포기했군."

"그러게. 이건 완전 동네 야구가 돼버렸어."

"감독님, 콜드 게임으로 끝내는 게 어때요?"

"맞습니다. 심판진에게 제안하면 받아들여질 것 같은데
요."

라스베이거스 피프티원스 팀 선수들은 이미 승리를 장담
하고 있었다.

마이너리그 더블헤드 경기 중에나 가능한 콜드 게임.

벌써 9대 0 스코어를 보이고 있었다.

작년에는 만나기만 하면 연패를 당했다.

하지만 올해 초부터 제대로 그리즐리스를 박살 내기 시
작한 피프티원스.

신경을 써야 할 만한 선수들이 대거 샌프란시스코 자이
언츠로 자리를 옮기고 껍데기만 남은 프레즈노 그리즐리
스.

40인 로스터에 들어 있는 선수들 대부분 앞으로의 유망주나 그저 그런 선수들뿐이었다.

그에 반해 뉴욕 메츠 구단과 계약이 되어 있는 라스베이거스 피프티원스 팀.

꾸준한 선수들 보강을 해온 덕분에 실력이 상당히 성장해 있다.

현재 내셔널리그 동부 지구 랭킹 3위.

내년 시즌 우승을 노리면서 구단주가 돈을 풀고 있다.

아직은 25인 로스터에 들지는 못했다.

하지만 보호 선수로 할당된 40인 로스터 멤버들이 라스베이거스 피프티원스의 주축이 되어 뛰고 있다.

같은 트리플A 팀이라고 해도 질적으로 달랐다.

"우리 4번 타자 쉐인 로드먼께서 또 한 방 날려주실 것 같은데 모두 준비하자고."

"몸도 안 풀고 마운드에 서다니. 건방진 애송이 아예 다시는 저 자리에 설 수 없도록 밟아버려!!"

잠깐 보름짜리 부상자 명단에 이름을 올려놓은 강타자 부스 로드맨.

메츠에서도 클린업 트리오에 들어 있었다.

그가 타석에서 그리즐리스 애송이를 상대하고 있었다.

웬만큼 실력을 보인 선수들에 관해서는 정보를 공유하는 팀 선수들.

그러나 이제 막 마운드에 오른 동양인 선수에 관해서는 알려진 바가 전혀 없었다.

이름도 모르는 프레즈노 그리즐리스의 새로운 투수.

피프티원스 팀 선수들은 너 나 할 것 없이 팔짱을 낀 채 거만한 자세로 마운드에 서 있는 투수를 바라보았다.

하나같이 껌을 질겅질겅 씹고 있었다.

4회 초를 맞고 있지만 벌써 9점을 앞서고 있는 상황.

어제 경기는 연장전까지 가며 우승을 거뒀다.

하지만 오늘 분위기는 어제와 전혀 다르게 흘러가고 있었다.

심적인 부담감도 전혀 없이 널널하게 시간을 보내고 있는 입장.

3연전 중 벌써 2연승을 거두었다.

오늘 우승 역시 100퍼센트 장담하고 있었다.

누구 한 명 의심할 수 없는 3연승이 눈앞에 있다.

"오! 이제 던진다!"

"녀석, 폼은 그럴싸한데~"

"동양인치고는 체격이 꽤 좋네."

"류가 여럿 망쳐 놓은 거야. 지가 다저스 류라도 되는 것처럼 생각하는 거 아냐?"

"아닌 것 같은데. 찬호 방처럼 주심에게 인사를 하잖아!

저놈 완전 개념 없는데. 하하하."

"주심이 보기에도 안쓰럽겠어. 모르지, 혹시 알아. 스트라이크 존을 넓혀줄지 말이야."

"하하하, 그렇군."

엉덩이를 벤치에 깊숙이 밀어 넣고 보호 펜스에 턱을 괸 선수들.

턱을 거칠게 움직이며 껌을 질겅거리는 선수들.

경기를 관람하는 라스베이거스 피프티원스 팀 선수들이 K의 움직임을 지켜보며 비아냥거렸다.

스윽.

마운드 위의 K가 와인드 업 자세를 취했다.

그리고,

휘익.

정통 우완파 투수처럼 정교한 자세로 힘껏 공을 뿌렸다.

쉐애애애애앳!

공간을 가르며 날아가는 공.

그 꼬리에서 들려오는 소리에 피프티원스 덕아웃 내 선수들의 얼굴색이 순식간에 바뀌었다.

퍼어엉!

덕아웃으로 몰아쳐 들어오는 묵직한 소음.

두툼한 포스 글러브 미트에 그대로 박혀 들어갔다.

"허억……."

"……!!"

"오! 마이갓!"

어디서 터져 나오는지 모를 비명에 가까운 신음 소리들이 여기저기서 들려왔다.

"9, 97마일……."

"뭐, 뭐야. 97 마일이라니……."

미트에 공이 꽂히자마자 거의 동시에 전광판에 떠오른 숫자.

97마일이다.

157킬로에 이르는 무시무시한 강속구.

그것도 타자 바로 앞에서 쑤욱 떠오르며 미트에 꽂혀 들어간 공포의 포심.

"스트~ 라이크!"

그리즐리스 팀의 저조한 성적에 주심도 흥미를 잃어가고 있었던 타이밍.

꺼져가던 불씨를 살리듯 투수의 광속구가 경기 흐름을 바꾸고 있었다.

주심의 힘찬 음성이 장내에 울렸다.

"와아아아아아아아아아아아아!"

"가, 강속구다!"

"97마일짜리다!!!"

관중석 역시 일제히 거대한 음성이 파도를 이루었다.

특히 마이너리그에서는 좀처럼 구경하기 힘든 97마일의 광속구.

제구력까지 겸비하고 있는 구력이다.

메이저리거에 적을 두고 있는 피프티원스 4번 타자가 제대로 당했다.

멍청하게 한복판으로 날아 들어오는 직구를 보면서도 배트를 휘두르지 못했다.

턱.

포수가 다시 K를 향해 공을 던졌다.

"……."

일순간 모두 숨을 죽였다.

장내는 처음부터 침묵이 흘렀던 것 같은 분위기가 연출되었다.

첫 구는 우연일 수도 있었다.

다음 두 번째 구에서 김이 샐 수도 있다.

그렇게 되게 지금의 감동도 헛되게 된다.

투수 K가 상대하는 타자는 뉴욕 메츠 5번 타자다.

부상을 당했지만 고작 보름짜리다.

컨디션 점검 차원에서 잠시 피프티원스에 내려와 쉬고

있는 강타자.

타율만도 3할이 넘고 올해 벌써 아홉 개의 홈런을 때렸다.

97마일짜리 구력을 상대하는 것쯤 식은 죽 먹기다.

100마일을 넘긴다 해도 정확하게 때려 치고도 남을 만한 실력의 소유자다.

휘익 휘익.

K에 대한 정보가 없었던 만큼 공을 어떻게 던지는지 체크했을 수도 있다.

다시 한 번 가볍게 배트를 휘두르는 피프티원스의 쉐인 로드먼.

두 번째 공을 기다리며 타격 자세를 잡았다.

신시내티 레즈의 평균 100마일의 강속구.

최고 106마일로 뿌렸던 그의 공도 안타로 때렸던 전적이 있었던 그였다.

'……??'

가벼운 마음으로 타석에 섰다.

'…좀 던지는군.'

어차피 다 이겨 놓은 게임.

가뿐하게 한 방 날리고 걸어서 홈으로 들어갈 생각이었다.

선발로 있던 크릭 헤스톤의 부진으로 피프티원스는 3연승을 목전에 두고 있다.

편안하게 공이 날아오기를 기다렸다.

웬만해서는 공의 궤적도 이미 다 파악하고 있었다.

하지만 크릭 헤스톤이 던지던 구속과는 전혀 달랐다.

갑자기 수욱 떠오르는 포심 강속구에 당황스러웠다.

사실 메이저리그 무대에서도 97마일의 포심을 던지는 투수는 흔하지 않았다.

휘익 휘익.

쉐인 로드먼은 집중해 배트를 휘둘렀다.

방금 전 자신의 눈앞을 지나간 K의 직구 구질을 떠올렸다.

전형적인 라이징 패스트볼.

강속구임은 분명했지만 상대하기 까다로운 구질은 아니었다.

귀찮기는 하지만 못 칠 정도는 아니다.

분명 상당한 구속으로 바로 눈앞에서 휙 하고 떠올랐다.

빠른 배트 스윙과 정확한 타점을 찾는다면 문제될 게 없다.

'어려 보여. 기껏해야 직구와 커브 정도다.'

한 번도 본 적이 없는 얼굴이다.

척 봐도 나이가 한참 어려 보였다.

아무리 실력이 출중하다고 해도 저 정도 나이에서 눈에 띌 수 있는 건 직구와 커브다.

루키리그나 하위 마이너리그 출신이 분명했다.

특히 마이너리그에서는 변화구에 제한을 두고 있었다.

그렇다면 던질 수 있는 구종은 몇 가지로 한정된다.

직구의 위력은 높이 살 만했다.

스윽.

투수 석의 K가 포수와 사인을 주고받았다.

두 번째 고개를 좌우로 저었다.

'이번에도 직구인가.'

첫 투구와 사인을 주고받는 게 같다.

강속구에 직구를 다시 한 번 던진다면 승산이 있었다.

하지만 확신할 수는 없는 상황.

프레즈노의 그리즐리스 팀 포수 잭 윌리엄.

그는 투수들에게 직구보다 변화구를 요구하는 경우가 많다.

잭이 개인적으로 변화구를 좋아한다는 사실을 쉐인 로드먼은 잘 알고 있다.

잭 윌리엄과 투수의 사인이 맞지 않는다면 직구일 가능성이 높아진다.

꾸욱.

쉐인 로드먼은 배트를 잡은 손에 힘을 실었다.

'던져라! 그냥 보내진 않겠다!'

매섭게 K를 응시했다.

K가 어떤 투구를 할지 기다렸다.

휘릭.

다시 한 번 글러브에 공을 넣으며 투구 자세를 잡는 K.

오랜만에 긴장감이 쉐인 로드먼의 전신을 훑었다.

쐐애앳.

한 치의 흐트러짐도 보이지 않는다.

매섭게 뿌려지는 공.

'온다!!'

로드먼은 눈을 부릅뜨고 날아오는 공을 직시했다.

예상대로 직구의 궤적을 그리며 날아왔다.

쐐앳!

바로 코앞까지 공이 날아드는 순간까지 공에서 시선을 놓지 않았다.

마지막 떠오를 각도까지 생각하며 포인트를 잡은 뒤 힘차게 배트를 휘둘렀다.

부우우웅!

"……!!"

퍼어엉!

하지만 배트를 빗나간 공.

손바닥에 느껴지는 충격이 없다.

허공을 맹렬한 기세로 헛돈 배트.

대신 공은 정확하게 포수의 미트로 빨려 들어갔다.

"허억!"

공이 빨려 들어가는 묵직한 소리에 숨이 멎는 듯했다.

쉐인 로드먼은 심장이 딱 멈춘 것 같은 충격을 받았다.

'사, 사라졌다!'

분명 예상했던 대로 K는 직구를 뿌렸다.

그러나 정확한 타격 포인트를 잡고 배트를 휘두른 순간 감쪽같이 눈앞에서 공이 사라졌다.

거짓말처럼 말이다.

그렇다면 라이징 패스트볼이어야 한다.

그러나 라이징 패스트볼과는 차이가 있었다.

구질을 분간하지 못할 쉐인 로드먼이 아니었다.

지금까지 경험했던 구력과 구질의 상식을 파괴하고 있었다.

무시무시한 강속구다.

로드먼은 혼란스러웠다.

"와아아아아아아아아아! 98마일짜리 직구다!"

"봤어? 봤어?"

"엄청난 스피드다!!!"

짝짝짝짝짝.

K의 두 번째 투구를 눈으로 확인한 홈팬들이 일제히 자리에서 일어났다.

분명 강속구에 지금까지 봐왔던 구질과는 확연히 다른 투구였다.

변화구로 잡는 스트라이크보다 더 아찔했다.

보기에도 시원하고 짜릿한 직구 스트라이크.

물론 전광판에 찍힌 98마일이라는 숫자는 경이로웠다.

경기 내내 침체되어 있던 프레즈노 홈팀 팬들을 열광하게 하기에 충분했다.

그들의 차가웠던 분노가 다시 뜨거운 열정으로 바뀌는 순간이었다.

'으음……'

파르르르.

직접 눈으로 보고도 믿기 어려운 광경.

놀라움에 두 손이 파르르 떨려왔다.

패적과 타점은 정확하게 파악했다.

그럼에도 불구하고 파울 틱도 얻어내지 못했다.

받아들일 수 없는 현실이 벌어지고 말았다.

쉐인 로드먼의 마음은 무거워졌다.

K가 던진 투구는 우연히 던질 수 있는 수준을 넘어서고 있었다.

마지막이다.

다시 한 번 타격 자세를 잡는 로드먼.

'이번에는…….'

마지막 한 개의 공을 남겨둔 지금 자존심이 걸린 문제가 돼버렸다.

쉐인 로드먼.

마이너리거들의 부러움을 한 몸에 받고 있는 뉴욕 메츠 5번 타자였다.

이대로 자존심을 땅에 떨어뜨릴 수 없었다.

휘익 휘익 휘익.

평소와 다른 로드먼의 행동.

배트를 세 번씩이나 휘둘렀다.

치느냐 다시 놓치느냐.

타격 자세를 잡았다.

K의 움직임에는 전혀 흐트러짐이 보이지 않았다.

표정 변화 역시 읽어낼 수 없다.

'변화구는… 버린다.'

투수의 패턴을 읽어내는 게 타자에게는 무척 중요했다.

메츠 5번 타자 로드먼은 자존심을 내려놓고 있었다.

노리는 것은 오직 하나.

직구뿐이었다.

K가 변화구를 던지면 그냥 삼진을 당하는 수밖에 없다.

'젠장, 정체가 뭐야!'

어디서 굴러먹던 뼈다귀인지 알 수가 없다.

이 정도 직구 구속과 실력이라면 분명 메이저리그에서 가만히 놔뒀을 리가 없다.

이미 메이저리그 선발진에 몸담고 있어야 정상이다.

그럼에도 올 한 해 개털 신세로 전락하고 만 프레즈노의 중간 계투로 나왔다.

단 두 구를 던졌을 뿐인데 이미 장내를 술렁이게 만들었다.

쉐인 로드먼의 눈에도 보이는 K의 투구 실력.

프로는 프로를 알아보는 법이다.

샌프란시스코 자이언츠 구단 측에서 무슨 꿍꿍이를 벌이고 있는지도 모른다.

여러 가지 생각들로 쉐인 로드먼은 머리가 복잡해지는 것을 느꼈다.

K의 등장이 앞으로 메이저리거 타자들의 발목을 잡을 것 같은 불길한 느낌.

분명 K가 던지는 공 때문에 정신줄 좀 놓는 타자들이 많아질 것이다.

꺼림칙한 생각이 강하게 로드먼을 사로잡고 있었다.

'괴, 괴물이다!'

사전 정보 하나 없이 오늘 아침 팀에 합류한 동양인 투수.

유령처럼 나타났다.

전광판에 나온 그의 이름은 K.

하지만 이름이 앞뒤 아무것도 없이 K일 리는 없다.

보기 드문 동양인 선수다.

뭔가 잘못되었다.

아니면 하늘이 프레즈노 그리즐리스를 버리지 않았음을 증명하고 있다.

단 두 구를 받았다.

포수 잭 윌리엄은 글러브에 꽂혀 드는 K의 공을 받고 전율을 느꼈다.

메이저리그 무대에 단 한 번도 발을 들이지 못했던 잭.

그러나 마이너리그에서 그는 베테랑이었다.

투수 리드 능력이 뛰어났다.

하지만 타격 실력이 받쳐주지 못해 메이저리그에 합류하

지 못했다.

40인 로스터에도 들지 못하면서 몇 년에 한 번씩은 짐을 사야 하는 신세의 노장 선수다.

올해 연봉 10만 달러.

의료보험이 적용된다는 것을 감안할 때 이만한 직장도 없었다.

노장 선수임에도 희망을 품고 현역 생활을 잇고 있었다.

은퇴 전에 꼭 메이저리그에 한 번 서 보는 것.

이후 코치 연수를 받고 여생을 구장에서 보내고 싶었다.

그런 잭 윌리엄에게 K와의 대면은 충격을 안겨주고 있었다.

지난 20년 동안의 선수 생활.

인생 야구 전체가 강한 떨림에 전율을 일으켰다.

98마일이다.

전광판에 정확하게 떠오른 숫자.

오늘 처음 마운드에 모습을 드러낸 동양인 투수 K.

그가 던진 공을 직접 받은 잭은 전광판 숫자와 상관없이 경악을 금치 못했다.

'변화구다! …이게 어떻게 가능하단 말인가.'

분명 엄청난 변화구였다.

포심으로 던지고 있었지만 어떻게 그런 변화가 가능한지

알 수 없었다.

투심보다 빠르면서 변화구보다 라이징 패스트볼에 가까운 투구.

순간 위로 솟구치게 하는 기술이 관건이다.

하지만 K의 변화구는 좀 더 달랐다.

위로 솟구칠 뿐만 아니라 마지막 꼬리까지 강했다.

공이 코앞까지 오는 것을 놓치지 않았다.

힘껏 두 눈을 부릅뜨고 받아야 했을 만큼 무브먼트가 심했다.

마치 투심과 포심을 결합시킨 듯한 새로운 구질을 보였다.

'게임은… 이제부터 시작이군.'

잭 윌리엄은 심장이 뛰었다.

분명 3연패를 예약해 놓았던 프레즈노 그리즐리스.

쿵쿵!

주체할 수 없는 감동이 물밀 듯 밀려오는 것을 느꼈다.

'역사적인 순간이 되겠어, K.'

그럭저럭 유지해 온 20년 야구 인생.

지금까지 버티고 공을 받아왔던 잭 윌리엄은 K를 바라보며 새로운 미래를 마주하는 듯했다.

야구계에 새로운 영웅이 등장한다는 것은 늘 설레는 일

이다.

그리고 그런 영웅의 첫 구를 받을 수 있다는 것 역시 경이로운 일이 아닐 수 없다.

야구인 한 사람으로서 맞는 영광스러운 순간인 것이다.

끄덕.

변화구를 주문했지만 K는 거절했다.

다시 직구 사인을 내보내자 그제야 고개를 끄덕이는 K.

'그래, 남자는 직구다!'

시간을 끌고 경기를 좀 더 연장시키는 것도 중요했지만 잭 윌리엄은 K의 의사를 존중했다.

단 한 번도 맞춰보지 못한 마운드에서의 첫 구.

역시 카우보이 같은 한 방 승부를 사랑하는 미국인들.

그들이 환호하는 것도 직구다.

변화구를 좋아한다고 사람들이 오해했지만 잭 윌리엄도 그런 면에서 직구를 좋아했다.

단, 선수들의 실력이 받쳐 줄 때만 가능했지만 말이다.

투수는 어떻게 생각할지 모르지만 직구가 멋져야 진정한 투수였다.

"K! K! K!"

"와아아아아아아아아아!"

어느새 관중은 K의 이름을 외치고 있었다.

4회 초까지 끌어온 3연전.

이런 열광적인 환호를 받아본 게 언제인지 생각도 나지 않았다.

K는 마운드에 올라 단 두 개의 공을 던지고 이미 스타가 된 것 같았다.

관중석에서 쏟아져 나오는 그의 이름은 이미 스타 탄생을 알리고 있었다.

시즌이 개막되고 난 뒤 몇 달 내내 죽을 쑤고 있던 프레즈노 그리즐리스.

홈팀의 경기를 관중하던 사람들은 질릴 대로 질려 있었다.

메마른 땅이 쫙쫙 갈라지던 곳에 K는 일순간 장대비를 퍼부었다.

연호하는 관중들의 소리에도 흔들림 없는 동양인 투수 K.

여전히 모자를 깊숙이 눌러쓴 채 사인을 기다리고 있다.

스윽.

미트를 정중앙에 대는 잭 윌리엄.

'가능할지도 모른다!'

윌리엄은 흥분을 애써 가라앉혔다.

만약 K가 삼구 삼진을 잡는다면 상황은 180도 달라질 수 있다.

그것도 직구로 뉴욕 메츠 5번 타자 쉐인 로드먼을 잡는 것이다.

그렇게만 된다면 이보다 멋진 순간은 다시없을 것이다.

온 정신을 집중했다.

K가 이번에 던지게 될 공은 그냥 투구가 아니다.

그의 손을 떠난 공은 마구가 될 것이다.

뉴욕 메츠 5번 타자 쉐인 로드먼의 발목을 잡는 마구.

"K! K! K!"

"잡아! 삼구로 잡아!"

"우와아아아아아아아!"

짝짝짝짝짝짝.

관중석의 분위기는 완전 달라졌다.

불과 몇 분 전까지만 해도 캔을 날리고 욕설을 퍼부었다.

그랬던 그들이 지금은 K를 연호하고 있다.

스코어 9대 0.

달라진 관중들.

선수 부족으로 계속 여기저기서 깨지고 있던 프레즈노 그리즐리스의 팬들.

오늘 처음 등판한 강민을 열광적으로 응원했다.

'역시! 내가 맞았어!'

상황은 예상했던 대로다.

VIP석에서 경기를 관람하고 있던 제시카 로엘.

등장은 좀 약했지만 첫 등판부터 관중의 시선을 사로잡은 강민.

구단 측의 실수로 그의 이름이 정확하게 나가지 못한 게 아쉬웠다.

그러나 분명한 것은 그의 스타성.

강민이 갖고 있는 잠재된 대스타성을 확인하게 된 게 기분 좋았다.

미국민들은 첫 등장부터 영웅다움을 사랑했다.

강민은 그에 부합한 행동을 보여주었다.

가상의 세계에서 꿈꾸는 것들이 현실에서 이루어지는 특별한 순간을 기다렸다.

관중석을 메운 많은 사람들은 그 순간과 마주하고 있었다.

몇십 년을 기다려야 한 번 마주할까 말까 한 그런 대스타.

자신들 눈앞에서 공을 뿌리고 있는 강민이 그 주인공이란 사실을 이미 눈치챈 것이다.

사람들이 생각하는 고정관념을 가볍게 무시해 버린 동양

의 청년 강민.

인간의 육체적 한계를 무수히 넘겨온 그가 빛을 발하고 있었다.

물론 운동신경이 남달리 뛰어난 것은 잘 알고 있었다.

다시 한 번 그것을 확인하는 자리가 되었다.

한국에서 출발해 프레즈노까지 오는 동안 이렇다 할 운동을 전혀 하지 못했다.

마운드에 오르기 전 연습 투구도 패스했다.

제시카 로엘은 자신의 선택이 무척 만족스러웠다.

등장하자마자 98마일의 강속구를 뿌린 강민.

'시작에 불과해! 본 실력은… 영영 못 볼 수도 있겠지……'

6개월이다.

야구인으로서 강민을 활용할 수 있는 최대 기간.

고작 6개월.

아마 본 실력을 전부 드러내지는 않을 것이다.

물론 평생 그가 자신의 한계치까지 공을 뿌리는 것을 볼 수 없을 테고 말이다.

보통 사람들의 상상 속에서나 가능할 법한 그의 능력.

철저하게 감추고 컨트롤하며 실력을 100퍼센트 드러내지 않는 그의 성격.

제시카 역시 강민의 최대치 능력을 짐작만 할 뿐이었다.

쉬잇.

퍼어어어엉!

"스트~라이크 아웃!"

"사, 삼진이다!!!"

"와아아아아아아아!"

"K! K! K! K!"

'꽤 어울리는 이름이야. K……. 별명으로 써도 좋겠어.'

앞으로 미국에서 활동하게 될 강민.

실수였다 해도 이것 역시 강민에게는 우연이 주는 행운일 수 있었다.

마운드에 등장한 강민을 소개하는 전광판 문구.

그 어떤 것도 강민에 대한 정보를 송출하지 못했다.

다만 달랑 K라는 알파벳만이 떴다.

제시카 역시 처음엔 당황했다.

그러나 실수가 분명할 글자 하나가 어쩌면 신이 허락한 그의 운명일지도 모른다는 생각이 스쳤다.

다른 경기의 심판들과 달리 주심의 목소리가 마운드에 쩌렁쩌렁 울렸다.

강하고 힘있게 쏟아내는 스트라이크와 아웃.

스트라이크존이 넓지 않았지만 강민을 어떻게 하지 못

했다.

정중앙을 향해 날아간 공은 정확하게 포수 미트에 빨려 들어갔다.

그런 공을 멍청하게 서서 삼구 삼진을 당하고 마는 타자.

제시카도 알고 있는 유명한 선수였다.

뉴욕 메츠 주전 우익수이자 5번 타자인 쉐인 로드먼.

강민이 마운드 첫 등판에 잡은 대어였다.

"K! K! K!"

운동장에 울려 퍼지는 강민을 지칭하는 이름 K.

"K! K!"

제시카도 손을 번쩍 들어 홈팬들처럼 그의 이름을 외쳤다.

묘한 감동과 설렘이 동시에 그녀의 가슴을 울렸다.

메이저리그의 화려한 데뷔는 아니었지만 강민의 첫 등판은 충분한 인상을 남기고 있었다.

야구계를 뒤흔들 새로운 슈퍼스타의 탄생을 알리는 신호탄.

마이너리그에 등장한 혜성 같은 스타 K.

그의 이름은 K라 불리고 있었다.

"9, 99마일……."

"어, 엄청나군."

"투, 투심이었어… 투심."

상대 팀이 또 한 번 점수를 낸 상황도 아니었다.

하지만 또 다른 형태의 경악에 빠져 버린 프레즈노 그리즐리스의 덕아웃.

전광판을 장식한 99마일이라는 숫자.

그리고 뉴욕 메츠의 간판 타자인 쉐인 로드먼이 삼구 삼진 아웃으로 발목을 잡혔다.

이번 게임은 이미 포기한 상황이었다.

"가, 감독님. 이게 어떻게 된 겁니까?"

"저 자식 정체가 뭐죠?"

"한국에서 온 대표 투수입니까?"

덕아웃에 늘어질 대로 늘어져 있던 선수들이 흥분을 감추지 못했다.

"…나도 잘 모른다. 예상 못했어."

밥 마리오 감독 역시 상황이 놀랍기만 했다.

나름 사람을 볼 줄 안다고 스스로 생각했던 마리오 감독.

자신의 견해에 비춰 신인 투수는 아주 기본적인 야구인으로서의 자세도 갖춰져 있지 않았다.

하물며 장비도 챙기지 않고 소속 팀을 찾아온 선수를 본 건 야구 인생에 있어 처음이었다.

"감독님, 감독님은 알고 계셨던 것 아닙니까? 그래서 헤스톤을……."

진지한 목소리로 투수 코치가 마리오 감독에게 다시 한 번 물었다.

"…아니, 자네가 알고 있는 게 다야."

살짝 넋을 놓은 듯한 태도로 대답하는 밥 마리오 감독.

감독으로서의 경험이 신인 투수에 관한 그 어떤 데이터도 제공하지 못하고 있었다.

그간 쌓아왔던 경력과 누적된 데이터들이 제 기능을 하지 못하는 순간.

인간의 신체조건.

특히 정교한 메커니즘으로 굴러가는 투수의 몸은 예비운동 없이 곧바로 가동될 수 없다.

우연히 어쩌다 한 번은 움직여 주겠지만 강민이 뿜어내는 괴투력을 보인다는 것은 거의 불가능하다.

전혀 예상 밖의 상황이 벌어지고 있었다.

쉬이잇.

퍼어어엉!

"스트~ 라이크!!"

"와아아아아아아아아!"

"K! K!!!"

라스베이거스 피프티원스 4번 타자 쉐인 로드먼을 삼구 삼진으로 타석에서 끌어내렸다.

이후 다음 타자를 초구부터 직구를 차례로 던지며 스트라이크로 잡아내는 강민.

'K……'

약간 발음하기 어려운 그의 이름 대신 K라는 호칭이 감독과 선수들 머릿속에 박혀들고 있었다.

"……"

덕아웃에 찾아온 침묵.

퍼어어엉!

"스트~ 라이크!"

정중앙을 겨냥하고 뿌려지는 연속적인 직구.

투심과 포심만으로 상대 타자들을 물먹이고 있는 K.

퍼어어어엉!

"스트~ 라이크 아웃!"

심지어 두 번째 타자도 헛방망이질만 하다 삼구 삼진 아웃으로 타석에서 내려갔다.

"대, 대단합니다."

전광판에 다시 한 번 뜨는 99마일.

100마일을 던지는 투수들이 메이저리그에는 몇 명 상주하고 있었다.

하지만 K처럼 완벽한 제구력까지 갖춘 투수는 드물었다.

각 팀의 에이스나 특급 마무리 투수 정도 돼야 연출해 낼 수 있는 장면.

터더더더덕.

힘들었던 4회 초 수비가 끝났다.

기운이 빠져 있던 선수들이 힘차게 덕아웃을 향해 달려왔다.

불과 10여 분 전과는 판이하게 다른 선수들의 분위기.

달려오는 걸음들이 가뿐하고 기운이 넘쳤다.

그들의 표정에서는 놀라움과 경이로움, 감동이 한꺼번에 발산되고 있었다.

"K!!"

외야 쪽에서 공을 받던 선수가 강민을 스치며 그의 이름을 불렀다.

그리고,

번쩍.

엄지손가락을 세워 보였다.

또 어떤 선수는 K의 어깨를 툭툭 치며 들어왔다.

"다, 다음 타자 준비해!! 누구야?"

몰려 들어오는 선수들을 바라보던 마리오 감독어 소리쳤다.

거의 표정 변화가 없는 K를 보며 많은 생각에 사로잡혔다.

"투수 타석입니다!"

"투수?"

지금 상대 팀이 내셔널리그 메이저리그 팀 산하여서 투수도 타석에 설 수 있었다.

"어떻게 다른 선수로 교체할까요?"

투수 코치 펫 라이크가 당황하는 것도 무리는 아니었다.

마리오 감독은 아무 말이 없었다.

아직 정확한 보직이 정해지지 않은 K.

"그냥 가도록 해!"

"…괜찮을까요?"

마리오 감독은 기억하고 있었다.

타석에서도 보너스를 챙기겠다던 강민의 특이한 계약 옵션들.

몇 분 전만 해도 이번 게임은 포기했었다.

원정까지 불사할 각오를 했던 밥 마리오 감독.

어차피 강민을 마운드에 세운 순간부터 밥 마리오 감독은 모험을 감행했다.

짧은 이닝을 마무리하고 멈출 수 있었다.

"놔둬!"

게임을 계속 진행하고 싶어도 이미 중간 계투진이 붕괴된 상태다.

다른 녀석들을 투입하고 싶어도 만만한 전력이 없었다.

"알겠습니다."

"K! 완벽했어!"

덕아웃에 먼저 들어와 있던 포수 잭 윌리엄이 엄지손가락을 세우며 K를 맞았다.

모자를 깊숙이 눌러쓴 채 덕아웃으로 들어오는 K.

"나 오늘부터 너의 팬 할 거다!"

그의 어깨를 한 번 치며 윌리엄이 너스레를 떨었다.

"자존심도 없이. 이제 겨우 걸음마를 뗀 정도라고. 쯔쯔, 저러니 메이저리그는 구경도 못하지."

샌프란시스코 자이언츠 40인 로스터 명단에 들어 있는 오스턴 필립.

K의 활약에 질투심을 느끼고 엉뚱한 곳에 분풀이를 했다.

파바밧.

오스턴 필립의 발언에 마이너리그 출신 선수들의 표정이 일그러졌다.

트리플에서 경험하게 되는 노는 물의 차이.

있는 자와 없는 자의 차이가 여실히 드러나고 있었다.

자존심을 갖고는 차별과 온갖 경쟁에서 자유로울 수 없는 세계.

눈물 젖은 빵을 먹어보지 않은 자는 진정한 메이저리거가 될 수 없다는 말도 있듯 아직은 자존심으로 살고 죽는 선수들이었다.

작은 시비가 붙어 큰 문제로 불이 붙어도 구단 측에서는 퀄리티가 높은 선수들부터 먼저 케어했다.

아무리 정당한 입장이어도 실력이 받쳐주지 못하면 참아야 한다.

자유 민주주의가 불러온 비합리적인 차별이 절대적으로 용인되는 미국.

야구계의 현실도 다르지 않았다.

또 다른 그 어떤 집단보다 유난히 차별이 심한 메이저리그.

특이하게도 그렇기 때문에 선수들은 더욱 이를 악물고 메이저리거가 되기 위해 고군분투했다.

돈과 명예 때문만은 아니었다.

물론 그것도 중요하지만 더 이상의 차별 없이 눈물 젖은 빵을 먹지 않아도 되는 세상을 맛보고 싶은 것.

자존심을 내려놓지 않아도 자유와 온갖 경쟁 구도에서 당당하고 싶은 것이다.

"민! 아니 K, 수고했어."

불펜 코치 드루먼이 강민의 어깨를 툭 두들기며 입을 열었다.

본래는 불펜 자리에 가 있어야 하지만 상관없었다.

연습 투구도 없이 마운드에 섰던 강민에 대한 걱정으로 덕아웃에 눌러 앉아 있었다.

게임이 뜻대로 풀리지 않는 만큼 누가 뭐라 하는 사람도 없었다.

강민이 뒤를 받쳐주지 못하고 내려오게 되면 다음에 나설 투수들은 이미 정해져 있었다.

"타격 준비해. 이번 타석이야!"

타격 코치 루스 모먼이 막 글러브를 벗는 강민을 향해 말했다.

"알겠습니다."

보통 투수들은 이닝을 끝내면 다음 플레이까지 덕아웃에서 어깨를 보호했다.

근육이 식지 않게 관리를 해야 예민해진 어깨와 팔을 보호할 수 있었다.

최대한 부상이 생기지 않도록 하는 것이다.

그러나 지금은 내셔널리그.

특성상 투수가 이렇게 곧장 타석에 서게 되는 경우가 많왔다.

"K… 무리하지 마라."

불펜 코치 드루먼이 걱정스러운 표정을 지었다.

스윽.

아랑곳하지 않고 배트 홀에 꽂아 둔 방망이를 든 강민.

스크래치 하나 없는 새 배트다.

번쩍번쩍 광이 나는 배트를 꺼내 들고 타석으로 걸어 나가는 강민.

걸음이 가벼웠다.

"누가 보면 팀 홈런 타자 납신 줄 알겠네. 툇!"

공격 타임인 만큼 선수들 모두가 덕아웃에 자리를 잡고 있었다.

그중 인상을 일그러뜨린 오스틴 필립이 입술을 삐죽이면 비아냥거렸다.

"오스틴! 그만해! 너도 K 정도의 강속구를 던져 보인다면 모를까!"

"뭐, 뭐라고!"

포수 잭 윌리엄이다.

오스틴보다 나이가 더 많은 연장자.

K에 대한 확신을 갖고 있는 만큼 오스틴의 행동을 더 두고 볼 수 없었다.

"조용히들 해!! 여기가 뭐 보이스카웃 야구장인 줄 알아??"

웬만해서는 나서지 않던 벤치 코치 제이크 룩스.

그가 목소리를 높였다.

시즌 내내 경기에서 쓴잔을 마시던 선수들.

패배감에 젖어 선수들 간에 시비가 잦았다.

연승할 때와 달리 팀워크도 좋지 않았다.

선수층이 좁아지면서 샌프란시스코 자이언츠에서도 수시로 선수들을 바꿔 갔다.

팀원들 간에 단합이 잘될 리 없었다.

한 명만 잘해서는 우승하기 힘든 야구.

여러 팀원의 단합이 팀을 우승으로 이끌었다.

그렇지 못한 것이 프레즈노 그리즐리스의 가장 큰 문제점이었다.

부웅 부웅.

야구 배트는 완전 새것이다.

파인 타르도 묻히지 않고 배트를 두 번 가볍게 휘두르는 강민.

그의 뒷모습에서 풍기는 기운이 예사롭지 않다.

글러브 대신 배트를 잡은 K.

"……."

일순간 덕아웃은 침묵이 감돌았다.

모두 약속이나 한 듯 입을 다물었다.

굳이 말을 주고받지 않아도 서로가 느끼고 있는 그 무엇.

타석에 선 순간부터 주변의 모든 기운을 끌어모은 듯 묵직한 기운이 K의 주변을 둘러쌌다.

절로 숨을 죽일 수밖에 없는 순간.

마치 폭풍 전야의 고요함과 흡사했다.

제6장
모두의 영웅

'자식들, 긴장감 좀 탔겠지?'

나를 향해 쏟아지는 시선들이 느껴졌다.

좀 전과는 다른 시선들.

관중들을 비롯해 피프티원스, 그리즐리스 팀 선수들의 시선까지 모두 나에게 쏠렸다.

나의 손을 떠난 공을 향해 거침없이 배트를 휘두르는 피프티원스 타자들.

쉽게 얻어맞을 내가 아니다.

지금까지 쳐내던 포심이나 투심 따위가 아니었다.

나의 근력과 완벽한 두뇌가 만들어낸 전혀 새로운 투구.

좌우로 흔들리는 라이징 패스트볼에 낙차가 새롭게 더해진 투심볼의 방향성.

다른 투수들은 불가능하겠지만 나는 가능했다.

나의 몸은 내가 잘 알고 있었다.

몸 전체의 근육을 자유자재로 컨트롤할 수 있기 때문에 가능한 일.

근육에 무리가 되지 않게 각종 투구 폼들을 만들어낼 수 있었다.

공 여섯 개로 4회 초 수비를 마무리했다.

그리고 곧장 타석에 섰다.

피로감 같은 것은 전혀 없었다.

관중들은 나를 향해 K라는 호칭을 쓰며 연호했다.

분위기가 본의 아니게 나를 지칭하는 닉네임으로 굳혀지고 있었다.

이미지 메이킹의 중요성이 다시 한 번 확인되는 자리였다.

첫 판에 박힌 인상은 쉽게 잊히지 않는 법이다.

나의 이름보다 더 나를 나답게 만들어줄 것 같은 K.

야구 투수에게는 더더욱 잘 어울렸다.

이왕 발을 들인 야구판.

적어도 최단기간 전설적인 획 정도는 그어줘야 직성이
풀릴 듯했다.

스윽.

가볍게 배트를 두 번 휘둘러보고 타석에 자리를 잡았다.

아직은 피프티원스 팀 투수에 대한 정보가 전무한 상황.

어떤 스타일의 구질을 보일지는 몰랐다.

다만 메이저리거가 포함된 트리플A 선수들에게 점수를
내주지 않고 있다는 것.

그것이 평범한 실력의 투수가 아님을 말해줄 뿐이었다.

스스슷.

포수 사인을 받은 피프티원스 투수.

고개를 좌우로 저었다.

'직구를 날리시겠다, 이거지.'

투수의 행동에서 자존심을 세우고 싶어 하는 기운이 느
껴졌다.

반면 내 간을 보고 싶어 하는 포수.

메이저리그에서 투수들끼리 주고받는 타격은 대부분 직
구였다.

보이지 않는 자존심 싸움.

승부를 가르는 것도 직구 하나면 됐다.

마운드에 선 투수는 라스베이거스 피프티원스 팀의 선발.

그가 나를 행해 승부수를 던지려 폼을 잡았다.

스윽.

포수와 사인을 맞춘 듯 와인드업 자세에 들어갔다.

휘이익.

제대로 힘을 넣어 공을 뿌렸다.

쓰리쿼터 형식의 투구 폼.

쇄애애앳.

포수의 손을 떠난 공이 바람을 가르며 미트를 향해 날아왔다.

'투심!'

생각보다 빠르지는 않았다.

좌우로 꼬리를 흔들며 날아오는 공은 아직 덜 여문 새끼 여우 같았다.

'꽤 느리군.'

안타깝게도 구속은 꽤 느린 편이었다.

보통 사람들보다 뛰어난 동체 시력을 갖고 있는 나.

선명하게 공이 달고 오는 궤적이 고스란히 눈에 들어왔다.

파앗!

가장 알맞은 히팅 포인트를 잡았다.

그리고 그대로 방망이를 내려쳤다.

따아아악!

피유웅!

맑고 짧은 소리를 내는 골프공과 달랐다.

배트 중심에 제대로 맞은 야구공은 끊어지는 듯 딱 소리를 내며 힘 있게 솟구쳤다.

"호, 홈런!!!"

아나운서의 목소리가 장내에 울렸다.

홈런을 알리는 힘찬 외침.

쿠오오오오오.

경기장 상단에 장식되어 있는 프레즈노 팀의 상징인 그레이 베어가 가슴을 두들기며 포효를 터뜨렸다.

"와아아! 와아아아아아아아아!"

"호, 홈런이다!!!"

"K! K! K!"

짝짝짝짝짝짝.

관중석에 앉아 있던 사람들이 일제히 커다란 파도를 일으키며 기립했다.

그리고 나를 향해 K를 연발하며 박수갈채를 보냈다.

첫 타석에 선 투수가 첫 번째 공을 노리며 때린 홈런.

'너무 셌나. 넘어가 버렸네.'

살살 친다고 쳤는데 펜스를 넘겨 버렸다.

메이저리그 데뷔를 노리는 나의 도전.

그 첫 타석에서 장외 홈런을 터뜨렸다.

마이너리그 트리플A 팀 경기이긴 했지만 계약서상에 개재돼 있는 조항들은 충실히 이행될 것이다.

터덕 터덕 터덕.

느리지도 빠르지도 않은 걸음으로 다이아몬드를 돌았다.

"최고다!"

1루 주루 코치가 엄지손가락을 치켜세우며 칭찬을 해왔다.

'다 걸리기만 해라!'

나는 내색하지 않고 고개를 살짝 숙여 보였다.

본래가 개업 첫날 손님이 많은 법이다.

9대 0의 스코어가 9대 1이 되었다.

"K! K! K! K!"

듣기도 좋고 부르기도 편한 나의 또 다른 이름이 장내에 멈추지 않고 울렸다.

쪽팔림의 정점을 달리던 홈팀 팬들의 자존심을 세워진 나의 일격.

파밧! 파밧!

'벌써?'

소문이 빨라도 이렇게 빠르진 않을 것이다.

카메라를 들이대고 셔터를 눌러대는 몇몇 사진 기자의
모습이 보였다.

그중에서도 낯익은 실루엣이 있었으니.

어느새 여기까지 찾아왔는지 열의에 차 있는 조국일보의
정아람 기자.

따로 사진기자가 없는 듯 쉴 틈 없이 셔터를 누르고 있었
다.

"수고했어."

3루 쪽을 돌자 주루 코치가 하이파이브를 해왔다.

짝!

홈런 한 개 날리자 여기저기서 나를 인정하는 듯한 분위
기가 연출되었다.

'이런 기분 또 오랜만이네.'

묵묵히 홈을 향해 뛰었다.

한국 고등학교 재학 시절 잠깐 몸담았던 야구팀에서의
환영식.

덕아웃에서 홈으로 향하는 나를 맞이하기 위해 마리오
감독 이하 선수들이 자리에서 일어났다.

'거 참, 인상 좀 펴시지. 아직까지……'

마리오 감독의 표정은 여전히 죽상이었다.

대신 나에게 품었던 약간의 편견은 해소시킨 것으로 보

였다.

웃음까지는 바라지 않았지만 잔뜩 쓰고 있던 인상은 다소 풀린 듯했다.

"헤이! 멋졌다! 넌 오늘부터 나의 영웅이다, K!!"

공 한 개 치고 되돌아온 홈.

타석에 서기 전의 분위기와 사뭇 달라진 느낌이다.

언제부터 유지해 왔던 것 같은 친밀감이 돌았다.

특히 포수가 건네는 말에서는 더욱 긍정적인 에너지가 전해졌다.

다른 선수들 역시 먼저 손을 내밀며 나를 반겼다.

"완전 굿이야!"

"K! 대단해!"

"도대체 어디서 그런 힘이 나오는 거야?"

짝짝짝.

마리오 감독은 어정쩡하게 손을 내밀었다.

그와 가볍게 악수를 하고 하이파이브를 한 뒤 덕아웃으로 들어섰다.

선수들이 어깨와 헬멧을 두들기며 한마디씩 더했다.

'살살 좀 합시다. 쩝.'

완전 어린애가 된 듯한 기분이 들었다.

모두들 악동처럼 사정없이 등판과 머리통을 두들겼다.

땀 냄새 풀풀 풍기며 다가오는 남자들의 거친 우정(?).

그렇게 한바탕 소란이 지나갔다.

"다들 봤지!! 오늘 신입께서 장외 홈런을 날리셨다. 다시 한 번 붙어보자!! 선배로서 다들 정신 차리고!"

"오케이!!"

"지금부터 제대로 때려 보자고!"

"파이팅!"

"파이팅!!!"

덕아웃 내 분위기가 확 살아났다.

마치 우울한 장례식장 같았던 분위기의 덕아웃.

해피바이러스가 퍼진 듯 즐거운 파티장을 연상시켰다.

"다음 이닝도 괜찮겠나?"

불펜 코치 드루먼이 아직 덕아웃에 남아 있었다.

겉옷을 들고 와 내 어깨를 덮으며 말을 건넸다.

투수 코치로서 나의 컨디션 체크를 하고 있는 것이다.

처음 볼 때부터 인상이 좋았던 드루먼.

"네, 괜찮습니다. 끝까지 해보겠습니다."

"끝까지? 그건 무리다. 어깨에 문제가 생길 수도 있어."

걱정스러운 눈빛으로 나의 어깨에 손을 올렸다.

"문제없습니다."

"그래?"

이 정도로 어깨에 무리가 되지는 않았다.

"루키 주제에 한 방 날리고 기고만장이군. 그깟 한 게임 뛰고 잘난 척은……."

'……'

어디를 가든 꼭 한 사람씩은 저런 시비꾼이 존재했다.

언제 한 번 날을 잡아야 할 것 같았다.

터억.

나는 당당하게 벤치 한쪽에 자리를 잡았다.

한 회 전과 달리 벤치 분위기가 묘하게 나를 중심으로 돌아가는 게 느껴졌다.

'선발 투수가 짱이라더니……'

그날의 선발 투수가 된다는 것은 큰 특혜를 입는 것이었다.

투수가 공까지 잘 던진 날은 덕아웃의 왕좌 자리를 차지한다는 말도 있었다.

메이저리그 선발 투수 같은 경우는 감독도 눈치를 본다고 한다.

연봉으로 따지면 감독은 잘나가는 선수의 10분의 1 정도 수준.

타아악!

"안타!"

"오오! 뭔 일이야. 우리의 1번께서 안타를 다 때려주시고~"

"프란! 너 약 먹었냐?"

남미 쪽 선수로 보이는 1번 타자가 안타를 때리고 1루 쪽으로 달렸다.

"미친 척하고 역전 한번 해봐?"

"푸하하하, 말이 되는 소리를 해! 8점 차를 어떻게 좁혀?"

"분위기 좋잖아~ 이대로 밀면 가능할지도 모르지."

서서히 흥을 타는 타자들.

배트를 잡고 눈빛을 빛냈다.

이제 막 허기를 느끼고 먹이를 찾는 하이에나의 눈.

너른 초원을 한눈에 샅샅이 훑고 있는 듯했다.

자신들도 모르게 사냥 본능에 눈을 뜨고 있었다.

따아아악!

"웁스! 또 안타다!"

"크하하하하. 마이 러브 그레이 베어! 너희를 영원히 사랑할 거다!"

"K가 다타난 뒤 완전 바뀌었어!"

"세상에 4회부터 연속 삼진 퍼레이드야. 상대 타자 녀석들 겨우 파울틱 몇 개만 날렸잖아."

"99마일을 던지는데 마약쟁이 라스베이거스 놈들이 때릴 수 있겠어."

"자자! 이제 마지막 이닝이라고! 딱 2점 남았어!"

"K 차례잖아. 캬아, 9회말 2아웃에 동점 주자가 나와 있다니! 이게 얼마만의 짜릿한 게임이야."

"헤이, 조쉬, 맥주 두 잔 부탁해!"

'세상에… 이게 가능한 일이야? 강민, 넌 너무 멋진 녀석이야.'

그라운드에 모습을 보인 지 딱 두 시간이 되어가고 있었다.

관중석에서는 이미 강민을 연호하지 않는 사람이 없을 정도.

거의 모든 사람들이 그의 팬임을 자처했다.

사진을 찍을 수 있는 덕아웃 옆 기자석에 자리하고 있던 정아람.

관중석에서 들려오는 환호를 오감으로 느끼고 있었다.

호텔에 짐을 풀지도 않고 곧장 야구장으로 왔다.

기자 신고를 해놓았기에 출입이 가능했던 이 자리.

연신 셔터를 눌러대며 감동에 흠뻑 젖고 있었다.

벌써 그럴싸한 별명까지 얻은 스타가 다 됐다.

만 명이 넘는 관중이 하나같이 연호하는 이름 K.

9회 말 마지막 공격.

투아웃 상황에서 동점 주자가 1루에 머물러 있었다.

'퍼펙트한 게임이었어.'

4회부터 게임은 100퍼센트 분위기를 달리했다.

타석에 오른 강민은 홈런 한 개를 시작으로 3루타 한 번에 1루타 한 번을 날렸다.

9대 0이었던 스코어는 9대 8로 바뀌어 있는 상황.

야유를 퍼붓던 관중들은 K를 교주로 한 사이비처럼 흥분한 상태였다.

스포츠가 주는 역전의 쾌감에 빠져 K의 추종자가 돼 있었다.

"K!!!"

"K! K! K!"

두 시간 동안 프레즈노 팀의 공격 수비를 떠나 계속해서 관중석에서 쏟아지는 이름.

서서히 일어난 열풍은 거대한 파도처럼 경기장을 훑었다.

강민이 다시 타석으로 나오고 있었다.

너 나 할 것 없이 광신도처럼 K를 부르짖었다.

그리고 어느 한 지점에서 기립하기 시작한 관중들은 거

대한 파도처럼 일어났다.

짝짝!

"K!"

약속이나 한 듯 박수를 나눠 치기 시작한 사람들.

두 번 손바닥을 부딪친 뒤 양손을 권총처럼 펴 하늘을 향해 뻗었다.

'…민이만을 위한 응원이다……'

누가 선동을 하고 있는 것도 아니었다.

자발적으로 벌어지고 있는 놀라운 광경.

팟!

파바밧.

정아람은 정면 관중석과 사선으로 비켜 앉은 관중석을 향해 셔터를 눌러댔다.

분명 강민은 마이너리그 첫 등판을 했다.

하지만 메이저리그 선수들 그 이상의 환대를 받고 있었다.

'난 이번에도 고다! 호호호.'

대박의 기회가 다시 한 번 정아람의 삶에 빛을 비추고 있었다.

본능적으로 심장은 뛰었고 정아람의 눈빛은 그 어느 때보다 빛났다.

강민만 엮이면 언제나 잭팟이 터졌다.

감동의 도가니탕이 된 프레즈노 구장.

터지는 카메라 플래시 너머 거대할 불꽃이 터지는 축제의 장.

정아람은 마치 앞으로의 자신의 삶에 화려한 불꽃이 터지는 듯한 착각마저 들었다.

'민아~ 수고했어. …저녁에 봐앙~'

마음속으로 기쁨의 키스를 날린 정아람.

프레즈노에서 외부인이 머물 만한 호텔은 많지 않았다.

게다가 강민이 투숙할 만한 곳은 더 드물었다.

경기장과 가까운 라노스 호텔.

기자의 촉을 세워 파악한 결과 가장 유력한 곳이었다.

그곳에 정아람도 방을 잡았다.

경기가 끝난 후 그의 외로운 밤을 책임질 생각이다.

따듯한(?) 누나의 마음으로 그의 젊은 몸부림을 위로하리라.

정아람은 야릇한 미소를 베어 물었다.

"계획적이야……."

"네?"

4회 초부터 팽팽하게 경기가 진행됐다.

물론 크릭 헤스톤을 교체한 직후부터다.

교체 투수 K가 마운드에 서면서부터 경기는 생각지 못한 방향으로 급물살을 탔다.

밥 마리오 감독은 지금까지 묵묵히 경기를 지켜보았다.

옆에서 마리오 감독을 말을 들은 벤치 코치 제이크 룩스가 다시 물었다.

"그냥 내 생각이지만… 저 녀석… 완벽하게 계획적이야."

"감독님, 그게 무슨……."

"사이클링 히트."

"헛! 지, 지금 K가 사이클링 히트를 계획적으로 만들어내고 있다는 말씀입니까?"

놀라 제이크가 낮은 목소리로 재차 물었다.

다른 선수들의 귀를 피해 조심스럽게 말을 주고받는 두 사람.

"아마도… 나에게는 그렇게 보인다는 말이지."

"그런 말도 안 되는… 그게 가능하다고 보십니까?"

믿을 수 없었다.

물론 마리오 감독 역시 눈으로 보면서도 믿지 않는 것은 마찬가지였다.

"그럼. 자네는 지금 상황이 정상적이라고 보나."

"…글쎄요."

"난 저 친구를 모르네. 오늘 처음 봤어. 이 바닥에서 난생 처음."

"……."

"등장부터가 이상해. 등판하자마자 중간계투로 나서서 퍼펙트게임을 치르고 있어. 타석에서는 1홈런, 3루타, 1루타를 만들어냈어. 가능한 게임이 아니야."

"물론……."

마리오 감독의 말에 제이크 룩스도 할 말이 없었다.

수십 년 동안의 야구 경력을 갖고 있는 밥 마리오 감독.

그가 한 말이 맞았다.

9대 0으로 초토화됐던 스코어가 9대 8까지 따라잡았다.

그 어떤 시즌과 달랐던 올해의 3연전.

미처 거기까지는 생각지 못했다.

그저 하늘이 도왔다고 여겼다.

그래서 괴물 같은 녀석이 팀에 합류했고 당연한 결과를 얻는 거라고 생각했다.

"내가 사람을 잘못 봤어……. 내가 실수를 했어."

밥 마리오는 진심으로 후회했다.

지금까지 자신의 안목을 단 한 번도 의심해 본 일이 없었던 마리오 감독.

K의 플레이를 지켜보며 경악하고 있었다.

저런 괴물 같은 실력을 가진 사람이 있을 것이라고 상상도 해보지 않았다.

자책에 가까운 책임을 느꼈다.

"그렇다면… K가 이번 타석에서 2루타를 치겠군요."

"아마."

밤 마리오 감독은 분명 K가 계획대로 경기를 운영하고 있다고 생각했다.

"세상에……."

벤치 코치 제이크 룩스는 이미 마리오 감독의 의견에 깊이 빠져 있었다.

물론 메이저리그 야구 역사상 괴물 같은 선수들이 없었던 것은 아니다.

2131경기 내내 한 번도 빠지지 않았던 철인 괴물도 있었다.

홀로 은퇴를 할 때까지 700개가 넘는 홈런을 때린 타격 머신도 있었다.

최근 다저스에서 돌풍을 일으키고 있는 푸이그까지.

쉬이이잇.

퍼엉!

"스트~ 라이크."

"토빈이 전력을 다해 던지는군요."

"그렇겠지. 2년 전까지만 해도 특급 마무리 투수로 불렸던 녀석인데. 자존심을 지키려 들 거야."

토빈 밀러.

그 역시 뉴욕 메츠 40인 로스터에 이름을 올린 인물이다.

부상을 당하기 전인 2년 전만 해도 주전 마무리 투수였다.

부상 뒤부터 계속 처지면서 다시 올라가지 못했다.

그러나 트리플A 수준에서는 강력한 마무리 그 자체.

최근 방어율이 2점 초반대를 기록하면서 메이저리그로 승격될 거라는 말들이 나오고 있었다.

첫 번째 구를 힘차게 던진 토빈 밀러.

주특기인 슬라이더가 강하게 휘며 스트라이크 존에 꽂혔다.

앞 타석과 달리 별 반응을 보이지 않은 채 스트라이크를 흘려보낸 K.

휘익 휘익.

앞에 치고 나간 타자들과 같이 방망이를 가볍게 두 번 휘둘렀다.

그리고 다시 자세를 잡고 타석에 섰다.

"완벽해. 저런 타격 자세는 아주 오랜만에 봐."

밥 마리오 감독이 K의 움직임을 더 주시하고 있었다.

"군더더기 하나 보이지 않아. 교과서도 저렇게는 설명할 수 없지. 온몸의 근육들이 최상의 밸런스를 유지하고 있어. 도대체 어디서 나타난 거지……?"

타석에 선 K에게서 시선을 떼지 못한 채 감탄을 터뜨리는 마리오 감독.

첫 인상에 대한 편견을 내려놓자 모든 게 다시 평가되기 시작했다.

비로소 강민에 대해 더 자세히 볼 수 있는 눈이 띄었다.

한 게임만으로 자신에 대한 인식을 제대로 각인시켜 버린 K.

투수석에 서 있을 때도 자세는 마찬가지였다.

수많은 선수들을 받고 또 보냈다.

마리오 감독은 그간 스쳐 지나갔던 많은 선수들 중에서 K만큼 완벽한 자세를 보이는 선수를 본 적이 없다.

변칙 형태가 아닌 완벽한 정통 우완파 투수의 자세.

상체의 힘을 완벽하게 케어해 줄 수 있는 건강한 하체와 허리.

유연한 몸과 강력한 팔의 힘.

조화를 이뤄 만들어낸 완벽한 투구.

99마일의 강속구를 던졌지만 표정 변화가 거의 없었다.

마치 가벼운 캐치볼 정도를 하는 듯한 자세.

그 자체가 상대 타자들을 우롱하는 듯했다.

결과는 4이닝 투입 이후로 퍼펙트게임.

K가 처음부터 선발로 나갔다면 마이너리그에서 쉽게 볼 수 없는 퍼펙트게임이 벌어졌을 것이다.

'투수뿐만 아니다. 타자로서도 완벽해. 주루 플레이와 타고난 순발력과 눈치. 완벽해.'

아주 짧은 시간 주변 선수들의 적개심을 깨끗이 씻어냈다.

이닝을 마칠 때마다 선수들이 K에게 느끼는 친근감은 더욱 강해졌다.

누가 먼저랄 것도 없이 가깝게 융화되었다.

언어 소통에 전혀 문제가 없는 K.

지켜보면 볼수록 왜 제시카 로엘이 K와 계약했는지 이해가 되었다.

영어는 물론 스페인어까지 구사한 강민.

그간 다른 선수들과의 소통이 충분하지 못했던 남미 쪽 선수들과도 거침없이 대화를 나누었다.

팀 내 선수들 중 남미 선수들은 꽤 됐지만 동양인 선수는 유일하게 K뿐이다.

본래 팀원이었던 것 같은 착각까지 일으켰다.

스페인어를 모국어처럼 구사하는 K 덕분에 남미 선수들의 분위기가 한층 좋아졌다.

동양에서 온 선수들에게 가장 약점으로 작용하는 것이 언어 문제였다.

K에게서는 그런 장애를 볼 수 없었다.

그뿐만 아니었다.

190의 장신.

탄탄한 근육으로 체격이 좋고 최상의 컨디션을 갖고 있다는 것.

외모도 출중했다.

충분히 여성 팬들이 호감을 느낄 만큼 시원시원한 잘생긴 얼굴이다.

많은 장점들을 소유하고 있는 강민.

'제시카 양… 제대로 낚았군.'

그동안 보지 못했던 초특급 대스타를 발굴한 게 분명했다.

감독이 갖고 있어야 하는 능력 중 하나가 선수의 진면목을 알아보는 안목이었다.

선수의 장단점과 정신력 상태.

마리오 감독은 적어도 그 정도는 간파해야 진정 감독으로서의 자격이 있다고 여겨 왔다.

쉬이이잇.

펑!

"스트~ 라이크!"

최근 경기를 진행했던 심판들과 달리 약간 흥분된 듯한 오늘의 주심.

길게 목소리를 빼며 시원하게 스트라이크를 외쳤다.

이번에는 낙차가 큰 커브의 스트라이크다.

"제발! K! 한 방! 한 방만!"

"신이시여! K에게 한 방을 허락하소서!"

"오늘 승리하면 내가 루베로에서 한턱 쏜다!"

"K! K! K! K!"

선수들까지 정신을 팔고 K를 응원하고 있었다.

놀라운 변화가 눈앞에서 일어나고 있다.

분명 4회 초까지만 해도 패배자들의 모습이었던 팀 선수들.

덕아웃은 그런 패배자들의 집합소 같았다.

하지만 지금은 전혀 다른 광경.

마치 승리를 움켜쥐기 위해 날뛰는 사자 우리 같았다.

'투 스트라이크 노볼… 토빈 밀러라면 이번에도 정면 승부를 보겠군.'

투수들의 자존심은 메이저리그에서 더 빛을 발했다.

타자보다 더 기를 쓰고 잡아 끌어내리는 것이 상대 팀의 투수.

죽기 살기로 삼진 아웃을 시켰다.

직구만을 던져 삼구 삼진으로 상대 투수를 패잔병 처리하는 것을 명예롭게 생각할 정도다.

'아쉽군. 제대로 보여주고 싶었는데…….'

본 메이저리그는 아니었지만 첫 등판과 타격에서 이정표를 남기고 싶었다.

욕심이었을까.

사이클링 히트를 한 번 보여주고 싶었지만 경기가 불리했다.

9회 말 마지막 공격 투아웃 1루.

3루타를 때려도 다음 선수가 안타를 치지 않는 이상 연장전으로 갈 수밖에 없었다.

팽팽하게 펼쳐진 승부.

시간은 어느새 깊은 밤이 돼가고 있었다.

이제는 만물이 잠시 쉬어야 할 타임.

휘잉 휘잉.

배트를 가볍게 휘두르며 다시 타석에 섰다.

'눈알 돌아가겠네. 어지간히 쩨리셔…….'

투수석에서 나를 노려보는 피프티원스의 투수.

포수와 사인을 주고받기보다 나를 째려보는 데 더 집중하고 있었다.

강한 적의를 드러내고 있는 투수.

9회에 등판해 안타 세 개를 얻어맞고 투아웃에 1실점을 내준 상황.

나를 잡아야 한다는 일념으로 강한 투지를 보였다.

아직 그 누구도 나의 정체를 알지 못하고 있는 상황.

투수만이 적극적으로 이빨을 드러냈다.

'그만 뜸 들이고 쏘세요~'

준비는 모두 끝났다.

싸이클링 히트가 못내 아쉬웠지만 오늘만 날이 아니었다.

어차피 반년 동안은 죽으나 사나 이 바닥에서 굴러야 한다.

땀내 나는 수컷들과 범벅되어 뛰어야 할 판.

스윽.

드디어 와인드업 자세를 취하는 투수.

팟!

제대로 힘을 실은 듯 강하게 공을 뿌렸다.

쐐애애앳.

손가락으로 강하게 튕겨낸 공이 나를 향해 날아왔다.

미세하게 공간을 가르며 바람 꼬리를 달고 일정하게 몸을 띄운 공.

이쯤 되면 다른 타자들은 생각이란 걸 할 틈도 없을 것이다.

하지만 난 모든 걸 보고 들었다.

'오셨구나~!'

인코스.

낮게 깔리며 스트라이크 존으로 파고드는 공.

나름 완벽한 제구력을 구사했다.

'자! 가보자!'

카아앙!

쳤다.

홈런을 때릴 때와 약간의 차이가 있는 타격음.

피이이이이잉!

공이 배트를 맞고 날았다.

1루수 키를 살짝 넘기면서 빨랫줄처럼 우익수 라인으로 방향을 틀어 안쪽에 떨어진 공.

타다다닥.

있는 힘껏 달렸다.

물론 홈런 정도는 때릴 수 있다.

날아오는 공을 모조리 홈런으로 처리할 수도 있었다.

그러나 오늘은 첫날.

예의상(?) 가볍게 맛보기 정도만 보였다.

약간의 인간미를 여운으로 남긴다고나 할까.

"와아아아아아아아아!"

"안, 안타다!!!"

"케이이이이이이!!!"

눈치 빠른 8번 타자가 어느새 3루를 돌아 홈으로 질주하고 있었다.

그사이 설악산 능선을 날고뛰던 실력으로 나는 야생마처럼 뛰어 2루를 찍었다.

'동점 되셨고!'

1루 타자가 홈플레이트를 밟고 점수를 올리는 모습이 눈에 들어왔다.

역전 이상의 감동을 주는 동점 상황.

3루 베이스 코치가 그만 멈추라는 사인을 급하게 보냈다.

뛰는 중에 느껴진 공의 이동 경로.

2루수에게 공이 가고 있었다.

집중만 하면 이 정도 공간에서 일어나는 웬만한 일들은 나의 감각을 벗어나지 않았다.

'그럼!'

타다다다다다닥.

힘차게 3루 베이스를 찍고 돌았다.

"……!!"

"와아! 와아! 와아!"

"머, 멈춰!!!"

나는 멈추지 않았다.

3루 베이스 코치가 당황하며 소리쳤다.

급한 나머지 손사래까지 치며 큰 소리로 외쳤지만 관중의 뜨거운 함성에 묻혀 버렸다.

'멈추면 죽습니다~'

이래서 스포츠는 짜릿했다.

멈추긴 왜 멈추겠는가.

홈이 보였다.

홈을 향해 야생마처럼 달리는 나를 잡기 위해 피프티원스 포수는 블로킹 자세를 취하고 있었다.

타다다다다다닥!

나는 몸을 낮췄다.

마치 적을 들이받기 위해 돌격하는 코뿔소처럼 날렸다.

소리에 놀라지 않는 사자처럼.

그물에 걸리지 않는 바람처럼.

나는 마지막 목표점을 향해 몸을 날렸다.

쇄애앳.

2루수가 중계한 공이 포수의 미트로 빨려들어 가고 있었다.

터더더더덧.

가속도가 붙은 진격의 전차는 멈추지 않는 법.

터엉!

포수의 미트에 꽂혀드는 정확한 송구.

동시에 나를 태그하기 위해 몸을 띄운 포수의 육중한 체격.

'…떵똥!'

퍼억!

그대로 홈 플레이트를 막고 있는 포수를 치고 미끄러져 들어갔다.

투웅!

태그 동작을 끝내 이루지 못하고 바깥으로 튕겨져 나간 포수.

턱!

정확하게 홈플레이트에 닿은 발.

"세, 세이프!"

두 눈이 튀어나올 정도로 부릅뜨고 상황을 지켜보던 주

심이 양손을 쫙 펼치며 외쳤다.

"와아아아아아아아아아아아아아아!"

"그, 그라운드 홈런이다!!!"

"K! K! K~!"

짝짝짝짝짝짝.

관중석은 난리가 났다.

방방 뛰는 사람들.

옆 사람과 끌어안은 사람들.

만세를 부르며 나의 이름을 부르면 열광하는 사람들.

이곳이 미국이라는 것이 실감나지 않을 정도로 한목소리로 나의 닉네임 K를 외쳤다.

"으아아아! 우리 영웅!!!"

"K 만세!!!"

우당탕탕탕.

'으헉!'

그리고 쏟아져 나왔다.

덕아웃에 몰려 서 있던 선수들이 우리에서 풀려난 성난 멧돼지들처럼 나를 향해 돌진해 왔다.

'안 돼애애애애애애!'

그 순간 느껴지는 불길한 예감.

간혹 야구 중계를 볼 때마다 좀 과하다 싶은 생각이 들었던 세리머니.

끝내기 안타나 홈런 주인공에게 하는 팀의 격한 축하 인사.

9회를 마친 선수들의 꼬라지는 더럽고 시금털털한 땀 냄새에 절어 있었다.

하나같이 같은 유니폼을 입고 물결을 이루며 달려들었다.

나는 눈을 감았다.

두 번 다시 끝내기 안타 따위는 섣불리 날리지 않겠다고 다짐했다.

사정이 된다면 미리미리 점수를 쟁여 우승을 하는 쪽으로 하겠다고 말이다.

제7장
원정길에서

'휴우, 애들도 아니고…….'

끝내기 역전.

아니 그라운드 홈런.

난리도 그런 난리가 없었다.

물소 떼처럼 덕아웃에서 쏟아져 나와 등짝, 머리 할 것 없이 손 닿는 대로 두들겨 댔다.

그렇지 않아도 낡고 허름했던 유니폼.

결국 이리 뜯기고 저리 뜯겨 걸레가 되고 말았다.

클럽하우스에 들어가자 언제 준비했는지 샴페인까지 터

뜨렸다.

머리부터 쏟아부어 적시기 시작한 샴페인.

승리 투수에 끝내기 안타까지 깔끔하게 마무리한 오늘의 주인공 대접을 해주었다.

하지만 개인적으로 이런 과격한 축하 인사는 야구 생활을 청산하는 그날까지 사양하고 싶었다.

'역시 골프만 한 게 없어. 깔끔하잖아~'

골프는 기껏해야 물 속에 한 번 들어갔다 나오면 되었다.

시간이 빨리 흐르기를 바랐다.

비자 문제로 올 연말까지는 꼼짝없이 묶여 있어야 할 야구판.

최대한 나를 버리고(?) 적응 중이었다.

"민, 아니 K, 수고했어요~ 오늘 환상이었어요."

성대한 환영식을 마치고 개운하게 샤워를 한 후 클럽하우스를 빠져나왔다.

제시카가 리무진을 대기시키고 기다리고 있었다.

"선수들이 과격하더라고요."

제시카와 함께 라노스 호텔로 돌아가는 길.

"호호, 그 정도가 과격하다고요?"

나름 진지하게 말했지만 제시카는 아무것도 아니란 반응이다.

"메이저리그에 가면 더할 거예요."

"그럼, 아쉽지만 마이너리그에만 쭉 있다 빠져야겠습니다."

"내키는 대로 해요. 전 그런 것 상관없이 K 편이니까요."

제시카도 대놓고 나를 K라고 부르고 있었다.

미국에서 강민이라는 이름은 크게 불리지 않을 것 같았다.

상관없었다.

로마에서는 로마법을 따르는 게 예의.

한국에서 강민이었다면 미국에서는 K.

"오늘 어땠습니까?"

제시카의 의견이 듣고 싶었다.

"퍼펙트!"

짧은 한마디.

'메이저리그, 제대로 한 방 털겠어.'

다른 선수들 같았다면 생각도 못했을 옵션 계약 사항들.

샌프란시스코 자이언츠 구단주를 비롯해 관계자들이 나를 과소평가했다.

능력을 감추고 사기를 치던 설악산 양 도사.

그의 하나밖에 없는 직속 제자.

좁아터진 산중이 아닌 아메리카의 넓은 땅에서 판을 벌

일 참이다.

적어도 그 정도는 되어야 스승보다 나은 제자라 할 수 있지 않겠는가.

"K, 오늘부터 조심해요."

뜬금없이 제시카가 말했다.

"그게 무슨……?"

"바깥에 함부로 나갔다가는 봉변을 당할 수도 있어요."

"……??"

"당장 경호원들을 붙일까 해요. 아무래도 미국 팬들이 한국보다 더 극성스러울 거예요."

"아~ 그런 건 괜찮습니다."

나의 신변을 보호하기 제시카는 여러 가지 상황을 상상하고 있었다.

스윽.

대수롭지 않게 대꾸하자 제시카가 조용히 나를 돌아보았다.

"…한 번 마음에 들면 함께 죽자고 덤비는 경우도 여러 번 봤어요."

'헐~'

나는 이 땅이 총기 소지가 자유로운 나라임을 잠시 잊고 있었다.

제시카의 말이 사실일 가능성이 높았다.

과거 유명인들도 스토커가 그런 식으로 따라다니며 위협했다는 기사를 본 적이 있다.

"배고프죠?"

"약간요."

"여기 호텔 스테이크가 맛있어요. 예약해 놓았으니까 바로 가서 먹기로 해요."

팀은 우승을 했고 승리의 축제를 즐겼다.

하지만 나온 저녁 메뉴는 겨우 햄버거와 핫도그 세트.

양에 차지 않았다.

마이너리그란 곳이 햄버거리그니 핫도그리그로 불린다는 말은 들었지만 현실은 더했다.

덕아웃에 내놓은 것들은 평소 먹던 것보다 못한 식단.

그래도 선수들은 군말 없이 맛있게 먹었다.

일 년 수입이 몇천만 원에 불과한 선수들이 많다 보니 숙소도 여럿이서 함께 쓰는 경우가 많다고 했다.

그것도 트리플A는 식사라도 제공돼 다행이라는 말이 나올 정도로 할 말이 없었다.

'경제성이 모든 것의 기준이 돼 버렸어.'

자본주의의 총체적 기준이 되고 있는 아메리카.

철저한 자본주의 냄새가 지독하게 배어 있었다.

"제시카, 괜히 나 때문에 너무 많은 시간을 할애하고 있는 게 아닙니까?"

"어머~ 무슨 말이에요. 서운한데요?"

종일 나의 일거수일투족을 쫓아다니는 일에 하루를 투자한 제시카.

"말했잖아요. 당신을 우리 회사 최고 VIP로 모실 거라고. K, 이 모든 게 다 투자예요, 투자. 호호호."

"그렇다면……."

'밤늦게까지 함께 다니지는 말아야겠군.'

따뜻하다 못해 덥게 느껴지는 캘리포니아 프레즈노의 밤공기.

제시카는 겉에 걸쳤던 셔츠를 허리에 감고 있었다.

보기만 해도 아찔할 정도로 풍만하게 부푼 그녀의 바스트.

시선을 돌려야 했다.

자꾸 습관처럼 시선은 그녀의 가슴에 가 닿았다.

끼릭.

구장과 가까운 곳에 위치한 숙소.

제시카와 함께 머물러야 하는 만큼 잠들기 힘들 수도 있는 밤이다.

딸깍.

운전을 하고 온 경호원이자 수행비서가 문을 열어주었다.

먹고사는 일이 쉬운 것은 아니다.

물론 돈을 번다는 것은 더했다.

양 도사 밑에서 눈칫밥을 먹고 산 세월도 통틀어 6년.

약초를 채집하고 북경루 주방에서 아르바이트를 했던 시간들.

빠듯하게 쪼개서 틈틈이 공부를 하고 수련을 겸했었다.

그때와 달라진 것은 거의 없다.

하지만 그래도 즐거운 것은 내 스스로 선택한 삶을 살고 있다는 것.

수동적으로 하루를 보내고 저녁이면 여지없이 여러 형태의 폭력(?)이 뒤따랐던 그때.

지금은 온전히 내 인생과 나의 미래를 위해 땀을 흘리고 있다.

"저기 K다!"

"K!! 와아~ 그가 왔어!"

'응?'

라노스 호텔 입구에 파킹하고 차에서 내리자마자 일단의 무리가 나의 이름을 연호했다.

팟! 파바바밧.

그리고 터지기 시작한 불빛.

하나같이 플래시를 터뜨리며 셔터를 눌러댔다.

"K! 사인 좀 부탁해요~"

"저도요~ 저는 제 가슴에 해줘요~"

"K! 당신과 함께 잠들고 싶어요~"

대충 훑어봐도 100여 명은 족히 돼 보이는 사람.

라노스 호텔을 숙소로 두고 있는지 어떻게 알고 미리부터 와 있었던 듯했다.

경기가 끝나고 시간이 좀 지나긴 했다.

그사이 몰려와 대기하고 있었던 것이다.

"죄송합니다. 사인은 다음에 해 드리겠습니다."

나는 정중하게 손을 흔들며 거절했다.

"자칫 사인하다 종이를 다 씹어 먹게 될 지경이거든요."

씨익.

나는 살짝 배고픔의 살기를 띤 미소를 날렸다.

본격적으로 겪게 될 앞으로의 나의 운명적 생활.

이미지 메이킹이 필요한 순간이었다.

'티 한 장씩이다~'

웃으면 복이 온다고 했다.

진리 중의 진리.

웃는 얼굴에 침 못 뱉는 법.

여기 모인 사람들이 지금은 나에게 티 한 장씩의 판매를 일으켜 줄 사람들로 보였다.

"호텔 정문에서 이러시면 안 됩니다!"

"길을 터주세요!"

한순간 라노스 호텔 정문 앞은 취재진과 오늘 생긴 나의 팬들로 아수라장이 됐다.

당장 도어맨과 호텔 관계자들이 그들을 제지하고 나섰다.

그리고 나를 위해 길을 터주었다.

"올해 나이가 열아홉 살이라고 하던데 정말입니까?"

"K에 대한 프로필이 공개되지 않았던데 선수 생활은 어디서 하셨습니까?"

"한국에서 어디 소속이었습니까?"

"메이저리그로는 언제 승급되는 겁니까?"

"K!! 40인 로스터 명당에도 끼지 않았는데 어떻게 구단과 계약을 하신 거죠?"

"계약 조건이 어떻게 됩니까?"

수많은 질문들이 대답할 겨를도 없이 쏟아졌다.

대부분이 지역 언론사 기자들인 듯했다.

"잠깐만요!!"

그때 제시카가 돌아서며 일단의 무리를 향해 소리쳤다.

뚝.

일순간 소란이 가라앉으며 조용해졌다.

"계약에 관한 질문은 로얄 썬라이징 에이전트사에 문의하도록 하세요. 그럼."

웅성웅성.

달랑 그 말만 던지고 돌아서는 제시카.

영문을 모르는 기자들은 자기네끼리 수군거렸다.

'매니저가 따로 없군.'

나를 케어하고 중간 수수료를 챙기는 입장이지만 반드시 필요한 존재.

그녀가 벌어들인 수익에서 국가도 엄청난 세금을 떼어간다고 했다.

고소득자는 연방세 40프로에, 캘리포니아 주세 13프로가 넘게 붙었다.

세금에 있어서 살인적인 철저함을 보이는 미국.

하긴 족크 세금이라고 해서 원정 경기 때 내는 황당한 세금도 있다고 하니 할 말이 없었다.

'골프 선수가 최고다.'

그 많은 세금을 다 내고 언제 돈을 모을 수 있을까.

그러니 더더욱 제시카가 나에게는 필요했다.

세금 다 내고 나면 나에게 남은 건 아무것도 없을 것이다.

에이전트는 나를 관리하면서 돈으로 돈을 벌어들이는 기술을 선보일 것이다.

본래 부자들은 돈으로 돈을 벌어들인다고 했다.

국가에 세금을 내기 전 일부를 사회에 유용하게 기부하고 제공받기도 하는 대기업들.

어서 다른 골프 선수들처럼 플로리다에 거주할 곳을 마련하는 게 좋을 것 같았다.

프로 선수들이 주세를 피하기 위해 선택하는 방법이다.

오직 연방세만 잘 내면 되는 부자 동네라고 했다.

저벅저벅.

또각또각.

제시카와 라노스 호텔 로비로 들어왔다.

파바밧.

뒤쪽에서는 여전히 플래시가 터지고 카메라 셔터 누르는 소리가 들렸다.

시작도 안 한 미국에서의 생활.

벌써 나를 알아보는 사람들이 많아지고 있었다.

'저, 저 불여우!!!'

고단함의 연속.

가히 거센 파도타기를 멈출 수 없는 생활이라고 말하는

마이너리그.

아무리 강민이 잘나간다 해도 이번만큼은 빠져나갈 수 없게 할 계획이었다.

미리 라노스 호텔로 돌아온 정아람.

강민이 호텔로 들어오기만을 기다렸다.

더 이상 청소년도 아닌 엄연한 대한민국 법정 성인.

그를 유혹하기 위해 뜨거운 아이템도 몇 가지 준비해 놓았다.

지금 캘리포니아의 날씨는 꽤 더웠다.

막 봄에서 여름으로 계절이 바뀌는 시기.

게다가 이곳 프레즈노는 분지 형태를 한 고장이다.

작은 꽃무늬 원피스 차림의 정아람.

푸른색 카디건을 재킷처럼 걸치고 호텔 로비에 나와 있었다.

풍만해 보이기 위해 보정물을 넣어 업시킨 바스트.

은근히 작은 꽃무늬들 덕에 더 도드라져 보였다.

우연히 마주친 듯 첫인사를 나누고 자연스럽게 늦은 식사를 할 생각이었다.

오늘 보여주었던 퍼펙트게임에 대한 칭찬.

그리고 와인을 한잔 나누며 유혹의 눈길을 보내는 상상을 하고 있던 정아람이었다.

생쌀이 밥이 돼 뜸들이기에 들어가 버리는 격.

절대 놓치지 않으리라 마음을 단단히 먹고 있었다.

생각만으로도 행복했던 방금 전까지의 상황.

대박도 이런 상대박이 없었다.

하지만 모든 게 산산조각이 나버렸다.

호텔 로비 한쪽에서 자연스러운 만남을 연출하고 싶었던 정아람.

강민이 금발의 불여우와 함께 나란히 엘리베이터 앞에 멈췄다.

앞으로 나설 수 없었다.

한국에서 그래도 좀 먹히는 몸매와 외모였다.

그러나 강민 옆에 붙어 다니는 여성들과 마주치면 늘 명함도 못 내밀었다.

미스코리아와 동네 잘나가는 아가씨 정도랄까.

땡.

"제시카, 고마워요."

"호호~ 이 정도는 아무것도 아니죠."

엘리베이터가 열리자 두 사람은 마주보며 미소를 나누었다.

마치 연인처럼 다정해 보이는 강민과 제시카.

엘리베이터 문이 닫혔다.

"흐윽……."

눈물이 왈칵 쏟아질 것만 같았다.

부르르.

손 안에 든 작은 핸드백을 구겨지도록 움켜쥐었다.

"오, 오늘은 참는다. 백 번 찍어 안 넘어가는 나무 없다고 했어!"

정아람은 눈을 여러 번 깜빡거리며 감정을 추슬렀다.

"안 되면 전기톱으로 잘라 버릴 거야!!"

미국까지 와서 이렇게 포기할 수 없었다.

마주칠 때마다 옆에 붙어 있는 제시카 로엘이 눈에 거슬렸지만 물러설 수 없다고 생각했다.

상황은 정아람 편에서 흘렀다.

강민이 가는 곳 어디든 기자 신분으로 뒤를 쫓을 수 있는 입장.

앞으로 기회는 단 번이면 충분하다.

"내일부터 원정이라 이거지……. 으으으, 속이 느글거려. 어떻게 햄버거만 먹고 살지?"

정아람은 기분을 전환시키려 분위기를 바꿨다.

오늘 안 되면 내일.

"사발면이라도 한 그릇 해야겠어."

긍정의 힘을 발휘했다.

한국 음식 멀리한 지 겨우 두세 끼.

벌써 토종 입맛이 발동되고 있었다.

날씨도 한몫하고 있었다.

자신의 인생에 미국 땅을 밟아볼 거라고 꿈에도 생각 못
했던 정아람.

그것도 한국의 중소 도시 정도에 그치는 프레즈노 땅.

쉽게 정이 들 것 같지는 않았다.

어둠이 내린 작은 도시 프레즈노는 사람을 더 쓸쓸하게
했다.

듬성듬성 등을 밝힌 야경.

동양 여성 혼자 밤길을 걷기에 꽤나 적대적인 인상을 주
고 있었다.

부우우웅.

덜컹 덜컹.

마이너리그 선수들의 비애 섞인 삶이 나의 생활이 되고
있었다.

'제대로 장거리 버스의 참맛을 보는군.'

자가용 비행기는커녕 전세기도 없는 마이너리그 선수들
의 생활.

바로 마이너리그 선수들이 겪는다는 장거리 버스 이동의

참맛을 제대로 느끼고 있었다.

메이저리그 선수들은 시합이 끝나면 알아서들 이동시켜 주었다.

바로 버스를 타고 공항 활주로까지 논스톱으로 이동.

자가용 비행기나 전세기를 이용했다.

하지만 내가 속한 팀은 마이너리그.

그런 건 다 딴 나라 얘기처럼 생각되었다.

선수들 대부분 구단 전용 버스를 타고 최소 몇 시간에서 많게는 하루를 꼬박 이동했다.

그나마 트리플A 수준의 팀은 좌석이 1인씩 배치돼 있는 버스를 타고 비행기도 이코노미석을 이용했다.

더블A부터는 야구계의 방랑자처럼 버스만 주구장창 타고 이동해야 했다.

라스베이거스로 원정을 떠나기 위해 새벽 5시에 집합을 했다.

버스를 타고 꼬박 여섯 시간을 달려야 하는 거리.

그나마 가까운 거리에 속한 라스베이거스.

선수들이 다 모이고 난 뒤 6시가 돼서야 버스가 출발했다.

클러비들이 선수들의 유니폼과 장비를 챙겨주어 그나마 손이 덜 갔다.

하위 리그가 아닌 것이 이런 데서 티가 났다.

"드르렁 드렁."

홈경기를 마치고 불과 몇 시간 지나지 않은 상황.

선수들은 피곤한 듯 좌석에 머리를 기대고 대부분 잠에 빠져들었다.

몇몇 선수들은 이어폰을 꽂고 창밖을 응시했다.

삭막한 풍경들이 쉴 새 없이 지나갔다.

미국 내에만 해도 약 2만 개의 고등학교 야구팀과 1,800개가 넘는 대학 야구팀이 존재한다고 했다.

한 해 졸업하는 선수만도 20만 명.

그중에서 1,200명 정도만이 루키 생활을 시작한다.

그게 다가 아니었다.

반절 이상을 야구 종족인 중남미 선수들에게 내주는 것이다.

한 해에 겨우 500명에서 600명에게만 문이 열리는 마이너리그.

그것도 야구 1프로의 귀족이라고 불리는 메이저리그 선수가 되기 위해 매순간 땀을 흘리는 이들의 무대였다.

노곤한 그들의 모습.

함께 경기를 했다는 것 때문일까.

그들의 어깨와 눈빛은 세상에 결코 쉬운 게 아무것도 없다는 것을 다시 한 번 느끼게 했다.

잊어버려서는 안 될 나의 초심.

설악산에서의 생활과 비교할 수 없겠지만 그 시절은 또 흘러가 버린 지금.

다시 그와 비슷한 상황이 마이너리그에서 벌어질 수도 있었다.

나와 비슷한 인생의 맛을 느낀 동료들로 보였다.

아직은 이들보다 경험도 부족하고 겪어야 할 것도 많은 야구 세계.

"어제는 고마웠다, K."

'크릭 헤스톤.'

어제 게임 선발로 활약했던 투수 크릭 헤스톤.

나와 교체되기 전까지 온갖 분노와 원망을 한 몸에 받고 있었던 서른두 살의 노장 투수다.

지난밤 호텔 스위트룸에 들어서자 제시카가 자료를 넘겨주었다.

프레즈노뿐만 아니라 마이너리그 선수들의 프로필과 기타 정보들이 들어 있는 자료였다.

크릭 헤스톤.

물론 크릭 헤스톤에 관한 것도 있었다.

정확하게 기억하고 있는 그의 경력들.

한때 강속구 투수로 이름을 날렸던 프레즈노 본토박이 선수다.

필이 고장 나면서 토미존 수술을 했다고 돼 있었다.

이후부터 내리막을 걷게 된 케이스였다.

키는 나와 비슷했다.

덜 민 수염이 덥수룩하게 얼굴을 덮고 있어 전체 인상을 읽어내기는 어려웠다.

하지만 윤곽만으로도 한창 시절 여심깨나 울렸을 정도로 훈남이었다.

"아닙니다. 최선을 다했을 뿐입니다."

건방은 금물이었다.

어찌 됐든 짧게 끝내고 빠질 곳이긴 했지만 야구계의 선배였다.

나를 향해 적대감을 드러내 보이기보다 진심으로 고마움을 전하고 있었다.

"정말 대단했어. 지금까지 난 K처럼 적극적인 승리를 쟁취한 선수를 본 적이 없어. 아마 모르긴 몰라도 올해가 가기 전에 K 너의 이름이 전 미국을 강타하게 될 거야!"

"그렇지? 나도 그 생각을 잠깐 했었다니까. 어제 K가 던진 공을 받고 나서 손바닥이 얼얼했다니까. 묵직한 게 완전 돌을 받는 기분이었어."

뒷자리에 앉아 있던 포수 잭 윌리엄이 침을 튀기며 끼어들었다.

"곧 메이저리그로 가겠지만 잘 부탁해! 그리고 몸 관리 잘해. 마이너리그에서는 몸 망가지면 바로 방출이야……."

자신의 처지를 비관하는 듯한 크릭 헤스톤.

방출이라는 말이 씁쓸하게 가슴을 울렸다.

"크릭! 너무 그러지 마. 크릭 헤스톤 주니어가 있잖아."

잭이 다시 한 번 헤스톤의 말꼬리를 잡았다.

"녀석에게 다시 재기하는 모습 보여줘야지. 힘내. 투수들 중에 토미존 수술 한두 번 안 받은 녀석들 누가 있어?"

"……."

"내가 마이너리그에서 10년을 굴러먹는 동안 재활 잘 끝내고 콜업 되는 녀석들 수없이 봤어. 어깨 펴라고. 사랑하는 가족들에게 굿모닝 키스는 받고 왔어? 나보다는 나은 신세인 것만은 분명하잖아! 하하하."

스카우트 자료에 올해 35세로 기록돼 있던 잭 윌리엄.

마이너리그의 베테랑 포수였다.

120킬로그램에 육박하는 거구.

메이저리그와 인연이 닿지 않아 만년 마이너리그로 남아 있었다.

3할 대의 타율을 때리지만 메이저리그에만 올라가면 물

방망이가 되는 묘한 징크스를 갖고 있는 선수다.

몇 년 전부터 마이너리그만 전전하는 진정한 마이너리거 신분이 되었다.

"푸하하, 토미존 수술을 극복해? 회전근까지 망가졌다는 소문이 돌던데. 그런 투수한테 헛된 희망을 안겨주는 건 너무 잔인한 일 아닌가?"

오스턴 필립이 얼마간 얌전히 있는가 싶더니 고개를 쳐들었다.

"차라리 일찍 접고 오렌지나 따고 동네 아이들 코치나 하라고 하는 게 더 현실적이지. 괜히 팀에 피해만 주고 있잖아~"

'저 싸가지가.'

마이너리그 역시 경쟁이 치열한 것은 메이저리그 못지않았다.

동료애가 짙을 수 없는 환경.

붙박이 선수 몇몇을 빼고는 수시로 메이저리그에 불려올라가거나 심심하면 트레이드가 되는 곳이다.

한 팀에 세 번 이상 팀과 리그가 바뀌는 곳답게 분위기에 긴장감이 돌았다.

게다가 40인 로스터에 올라 있는 선수들은 수시로 메이저리그에 콜업 되었다.

그러다 보니 타 마이너리그 선수들의 부러움을 살 수밖에 없는 현실.

어제부터 나에게 대놓고 시비를 걸던 오스턴 필립이 좋은 예였다.

트리플A에서 평균 3.5의 방어율을 보이는 그저 그런 실력의 오스턴 필립.

샌프란시스코 자이언츠 선수층이 그나마 얕아서 그렇지 딱 훌륭한 투수감은 아니었다.

하지만 이곳 마이너리그에서는 보호 선수 안에 들어 있어 다른 선수들 위에 군림했다.

연봉도 다르고 구단 측에서 대하는 태도가 달랐다.

마이너리그였지만 40인 로스터에 들어 있는 만큼 구단 관계자나 트레이너들의 집중 보호를 받는 것이다.

"오스턴! 그만해. 한때 크릭의 공을 받아주던 루키 때도 있었잖아!"

역시 잭 윌리엄이다.

인상이 험상궂게 변하며 오스턴 필립에게 쏘아붙였다.

"흐흐, 그때와 지금은 상황이 좀 다르지."

개의치 않는 오스턴.

포수 잭 윌리엄의 경고를 단박에 무시했다.

"누가 뭐라 해도 난 곧 메이저리그에 가게 될 유망주고

저 녀석은 이 달을 겨우 채우고 방출될 패잔병 투수란 말이
지.”

크릭 헤스톤의 방출 얘기가 공공연하게 새어나오고 있는
상황이었다.

오스턴이 노골적으로 헤스톤을 웃음거리로 만들고 있었
다.

비릿한 웃음까지 섞으며 거침없이 내뱉는 그의 말.

프레즈노에서 대기 중인 여덟 명의 40인 로스터 중에서
가장 성격이 안 좋은 인물이었다.

제시카가 건네준 자료에는 오스턴에 관한 자제한 정보들
이 들어 있었다.

아는 사람이 없다고 잘난 체를 하고 있는 오스턴.

메이저리그에 올라간다 해도 패전 투수나 어중간한 중간
계투로 쓰이는 정도였다.

‘올챙이 적 생각 못하고……. 쯧쯧.’

“닥쳐!!”

급기야 크릭 헤스톤이 분을 참지 못하고 소리쳤다.

“거기 조용히 좀 해!!”

앞쪽에서 벤치 코치 제이크 룩스가 고개를 살짝 돌리며
외쳤다.

감독 다음으로 팀의 2인자라 할 수 있는 벤치 코치.

마리오 감독과 다른 코치들은 버스 앞에 달리고 있는 차량으로 이동 중이었기 때문에 버스 안에서는 책임자나 다름없었다.

계속 오가는 대화를 듣고 있었음에도 별말이 없었다.

하지만 고성이 오가는 것은 용납하지 않았다.

"네네~ 조용히 하겠습니다요~"

역시 건방진 태도로 피식거리며 오스턴 필립이 대꾸했다.

"오스턴~ 오늘 밤 어때?"

"라스베이거스에 왔는데 그냥 갈 수야 없지~"

뒷좌석 쪽으로 앉아 있던 연봉 좀 높은 40인 로스터에 속한 선수들이 이를 드러내며 웃었다.

트리플A부터 야간 통행금지가 따로 없다는 말이 맞았다.

루키나 하위 리그에서는 감독들이 선수들의 일탈을 방지하기 위해 시간에 제약을 두고 있었다.

감독들이 11시부터 야간 통행금지를 시키는 것이다.

메이저리그 선수들이 포함되어 있는 트리플A부터는 자유.

훈련도 상당 부분 개인훈련으로 대체된다.

자신의 운명은 스스로 책임지라는 경고 같은 것이라고

할까.

그만큼 자유가 보장되었다.

대신 실력으로 검증되지 않으면 그 대가를 톡톡히 치르게 되는 곳이 메이저리그였다.

자유를 몸소 만끽할 수 있는 기회를 그냥 보낼 리 없었다.

그것도 쾌락의 도시라 불리는 라스베이거스.

한탕을 노려볼 만한 분위기가 자연스럽게 그들을 자극하고 있었다.

3연전이 잡혀 있지만 오늘 게임 뒤 하루를 건너뛰고 다시 2연전이 있다.

노장 몇 명을 빼고는 피 끓은 젊은 선수들이 대부분.

아침 일찍 급한 미팅이 잡혔다며 호텔을 떠난 제시카.

그녀의 말을 빌리자면 기혼자들 중에서 이렇게 원정 경기 동안 일탈 행동을 하는 이들이 많다고 했다.

땅도 넓은 데다 시즌 중 연속 게임이 많아 이탈하기 좋은 환경에 노출된다는 것이다.

웃으며 말하던 제시카.

뜬금없이 핸드폰을 하나 더 만들지 않겠냐고 했다.

이유인즉 로드 비프용으로 쓸 수도 있다는 말이었다.

특별히 몇몇 선수를 제외하고는 거의가 다 기본적으로

핸드폰을 두 개씩 갖고 다닌다는 것이다.

하나는 개인적인 용무.

그러니까 가족용.

또 하나는 원정 애인으로 불리는 로드 비프용.

필요하면 준비해 줄 테니 말하라고 아무렇지 않게 말했다.

스포츠 선수를 상대하는 직업의 제시카에게는 크게 대수로운 일이 아닌 듯했다.

대담한 그녀의 도발을 나는 거절했다.

나의 적응 정도에 판단을 한 듯 안심이 된다며 가벼운 마음으로 떠난 그녀.

법인 카드 한 장과 100달러짜리 지폐를 두툼하게 지갑에 찔러 넣어주었다.

100만 달러의 계약금.

그중에서 세금을 떼고 나면 기껏 수십만 달러밖에 되지 않았다.

그럼에도 나에 대한 투자를 아끼지 않는 파트너.

이동 중에 입을 양복도 몇 벌 준비해 슈트 가방에 챙겨놓은 제시카.

막상 그녀가 떠나고 나자 진짜 혼자가 되었다.

하지만 외롭거나 환경이 두렵지는 않았다.

세상 어느 곳에 혼자 있게 된다고 해도 대한민국 설악산 양 도사 밑보다는 나았다.

같은 민족이면 무엇하겠는가.

수련을 빙자하여 한 인격체를 모독하고 개만도 못한 취급을 했던 노인네.

북극에 떨어뜨려 놓아도 난 곰과 친구 삼아 지낼 의향이 있었다.

넉넉한 1인용 버스 의자에 앉아 아메리카의 도시를 관광 다니고 있는 나의 지금 생활.

'진짜 사막이네……'

캘리포니아 주에서 네바다 주로 가는 길목.

눈앞에 사막이 펼쳐졌다.

과거 서부시대 개척지로 시작됐다는 이곳.

총잡이들이 말 타고 먼지깨나 날렸을 법한 풍경들이 눈앞에 나타났다.

서부 영화의 한 장면 속에 버스를 타고 달리는 듯 감회가 새로웠다.

상상만 했지 직접 눈으로 접한 미국의 사막은 묘한 감동이 일었다.

스르르륵.

'이제 쉬는 건가?'

이른 아침 출발한 버스는 이제야 휴게소로 진입했다.

지금은 벌써 9시에 가까운 시간.

아침도 먹지 못하고 버스에 몸을 실은 선수들이 대부분이었다.

'바스토우 역?'

고전적인 역의 모습을 한 휴게소.

'이게 얼마 만의 여행이야?'

나는 기지개를 켰다.

다른 선수들에게는 고역일지 몰라도 설악산 촌놈인 나에게는 첫 해외여행이나 다름없는 길.

"40분 정도 정차할 테니 볼일 보고 아침들 먹도록!"

제법 넓은 공간의 바스토우 역이라는 이름을 단 휴게소.

이미 많은 차들이 주차돼 있었다.

제이크 룩스가 주차를 마친 버스 앞 쪽에서 선수들을 향해 주의 사항을 주었다.

'달랑 2만 원으로 하루 식비를 감당하라니… 가능한 거야?'

버스에 오르기 전 클럽하우스에서 제이크가 나눠준 봉투.

원정 4일치 밥값이 들어 있는 식비였다.

밀머니로 불리는 선수들의 밥값이 들어 있었다.

봉투를 받아든 선수들의 표정이 하나같이 좋지 않았다.

홈팀에서는 하루 12달러면 식사를 해결할 수 있었다.

하지만 바깥에서는 사정이 달랐다.

독신 선수들끼리는 몇몇이 모여 아파트를 얻어 생활하기도 한다는 마이너리그.

그러나 가정이 있는 선수들의 어깨는 무거울 수밖에 없었다.

애라도 있는 선수들은 사정이 더 나빴다.

그럼에도 불구하고 야구를 떠나지 못하는 이들.

인생에 있어 로또에 비견되는 메이저리그를 향한 도전 때문이다.

오늘도 이들은 메이저리그를 향해 피땀을 흘리고 있었다.

"K! 오늘 아침은 내가 살게."

잭 윌리엄이 나의 어깨에 손을 올리며 말했다.

미국에서는 이런 선심이 드물다고 들었다.

잭 윌리엄의 연봉은 약 3만 달러 정도.

다른 선수들보다는 센 편이었지만 결코 넉넉한 편은 아닌 잭 윌리엄의 연봉.

살짝 당황스러웠다.

"그럼 음료수는 내가 사지."

크릭 헤스톤까지 합세했다.

"그럼 후식은 제가 사겠습니다."

분위기에 쓸려 나도 거들었다.

어느새 결성된 트리오.

지잉.

다다다다.

버스 문이 열리자 선수들이 서둘러 내리기 시작했다.

"굼벵이처럼 느려터진 놈들은 그대로 두고 간다. 알아서들 해라. 정확히 9시 30분까지 승차하도록!!"

메이저리그였다면 아무리 벤치 코치라 해도 대놓고 이렇게 말하지는 않았을 것이다.

하지만 그 어떤 누구도 뭐라 대꾸하지 않는 마이너리거들.

강하게 선수들을 대했다.

"코치님~ 아침 같이 먹죠."

그런 와중에도 연봉이 좀 높은 선수들은 태도가 다르긴 달랐다.

특히 오스턴 필립.

벤치 코치를 자신들의 아침에 초대했다.

대부분 선수들은 말없이 단짝들과 어울려 내렸다.

'어라?'

그리고 몇몇 선수는 아예 자리에서 일어나지도 않았다.

피곤한 기색이 역력한 이들.

남미에서 오거나 아직 어려 보이는 선수들이다.

배고 고프지 않거나 피곤해서가 아니었다.

돈을 아끼는 것.

햄버거라도 하나 먹고 보충하면 좋겠지만 배고픔을 몸으로 때우는 것이다.

적은 월급 받아 숙박비를 내고 이것저것을 제하다 보면 아무것도 할 게 없었다.

이 모습이 진정 마이너리거들이 처해 있는 현실이었다.

부익부 빈익빈 현상이 갈수록 심화되고 있는 스포츠의 세계.

야구계도 별반 다를 게 없었다.

세상이 굴러가는 운영 법칙에서 비켜가지 않았다.

"어제 프레즈노 그 선수 봤어?"

"K 말하는 거야?"

"엄청났다더군. 몸도 안 풀고 99마일을 던지더래. 타석에서도 홈런을 포함해서 전 타석 안타를 때렸다고 말이야."

"오늘 여기 경기 끝나고 라스베이거스로 가볼 생각이야."

"그럼 같이 가자고."

"알았어."

'젠장, 대어를 놓쳤군.'

다저스 극동 담당 스카우터인 폴 레스먼.

대만 대학교에 숨어 있던 투수 한 명을 발굴했다.

막 계약을 마무리하기 위해 다저스 구장으로 돌아와 있었다.

낮 경기가 있어 스카우터들이 자주 앉는 곳에 자리를 잡았다.

주변 스카우터들이 하나같이 폭발적 관심을 보이는 인물.

루니 윌슨에게 내준 강민에 관한 소식들이었다.

'배짱 좋게 나왔던 이유가 다 있었어. 젠장.'

무리를 해서라도 그를 잡아챘어야 했다.

멍청한 단장을 설득해 계약을 추진했어야 했다는 아쉬움에 폴은 신경질이 났다.

당시 단 두 개의 투구밖에 보지 못했다.

하지만 그의 탄탄한 하체와 균형 잡힌 체격 조건은 한눈에 봐도 재목이었다.

게다가 능숙한 영어 실력까지 갖추고 있던 강민.

아쉬움을 뒤로하고 포기했지만 이렇게 빨리 사람들의 관심을 받게 될 줄은 몰랐다.

마이너리그 공식 홈페이지를 도배한 그의 관한 소식.

K라는 이름과 그의 홈런을 날리던 순간의 사진.

4회 초까지 바닥을 기던 프레즈노 그리즐리스의 구원 투수로 등판해 퍼펙트로 우승 투수가 되었다.

그것도 홈런을 비롯해 끝내기 타점까지 이끌어내면서 말이다.

전혀 예상치 못한 역전승을 만들어 냈다.

띠리리링.

띠릭.

"폴입니다."

"폴, 지금 사무실로 와줘야겠어. 단장님이 찾으셔."

"알겠습니다."

이 소식을 아직까지 모르고 있다면 그게 더 이상했다.

바보가 아닌 이상 단장도 강민에 관한 소식을 접했을 터.

민감하게 나올 게 빤했다.

올해 지구 우승뿐만 아니라 월드시리즈를 향해 뛰고 있는 다저스.

같은 지구 라이벌 팀에 강민 같은 강력한 선수가 등장했다는 것은 엄청난 부담이었다.

"올해 루니한테 얼굴을 못 들겠군."

자리에서 일어나는 폴 레스먼.

아무리 스카우터가 공을 들여 선수를 발굴한다 해도 구단 측에서 거부하면 그만이었다.

그리고 아직 경험이 많지 않은 데다 계약직이어서 구단을 설득하는 데도 한계가 있었다.

과거 전문 스카우터들은 전국 곳곳을 발로 뛰며 선수들을 직접 접촉해 발굴했다.

하지만 선배 스카우터와 구단 측은 네트워크의 발달로 데스크에 앉아 정보를 취합하고 직접 선수를 만나거나 테스트하는 일에 소홀해졌다.

그렇다 보니 프로필에 그럴싸한 경력이 기재되지 못한 강민 같은 대어를 놓치는 경우가 종종 발생했다.

이제 와서 뒷북을 친다고 달라질 것은 없었다.

후회는 아무리 빨라도 늦는 법.

자신을 찾는다는 단장에게 향하는 폴 레스먼의 발걸음이 무거웠다.

다저스가 꿈꾸는 올해의 월드시리즈 우승.

단 한 명 때문에 구단 전체에 파장이 올 게 빤했다.

불길한 예감이 폴을 엄습해 왔다.

샌프란시스코 자이언츠가 절대 K라는 카드를 뽑아 들지 않기를 바랄 뿐이었다.

손에 들고 있다는 사실마저도 모르기를 바랐다.

제8장
진정한 리치

"새우 버거 먹을까?"

"콜라는 슈퍼에서 사서 나눠먹자."

"세 개는 먹어야 배부를 것 같은데……."

"아파트 월세를 내고 났더니 이번 달도 마이너스야, 관리
비도 내야 하는데……."

해가 뜨자 빠른 속도로 기온이 오르기 시작하는 사막.

기온차가 꽤 컸다.

그늘이 드리워진 쪽에 서서 아침 메뉴를 고르는 일단의
선수들.

모두 프레즈노 그리즐리스의 주전 선수들이었다.

그런 그들이 새우 버거 하나를 두고 고심하고 있었다.

'안타까운 현실이군……'

역시 돈 좀 있다는 메이저리그 40인 로스터들과는 확연한 차이를 보이는 생활 수준이다.

결국 이들도 미국 내 최저 임금으로 생계를 유지하는 불쌍한 청춘들.

낡은 양복 차림으로 맥도널드 버거 앞에서 무거운 표정을 지었다.

"저분들 데려가도 되죠?"

"어?"

"……"

한두 명도 아니고 네 명이나 되는 선수.

그들도 함께 데려가자는 말에 살짝 당황하는 잭 윌리엄과 크릭 헤스톤.

몸에 배어 있던 한국 문화가 튀어나온 것이다.

전혀 한국식 문화를 이해 못하는 두 사람.

"제가 사겠습니다."

"K, 네가?"

"계약금 두둑하게 챙겼다는 말이 사실이었어?"

베이징 익스프레스라는 중화요리 체인 음식점이 오늘 아

침 식사 장소.

책의 말로는 동양인들이 좋아하는 메뉴가 많다고 했다.

밥 종류를 비롯해 중식 요리들이 종류별로 다 있다는 것이다.

햄버거와 콜라를 갖고도 고민하는 선수들의 대화를 듣고 모른 척하기는 쉽지 않았다.

그냥 지나칠 수 없는 나.

베이징 익스프레스를 정면에 두고 걷던 우리 세 사람을 못 봤을 리 없다.

한때 양 도사가 먹을 것을 가지고 나의 하루를 좌지우지했던 서러운 시간도 겪었던 나다.

그 정도는 아니지만 처지가 비슷한 선수들.

"베이징 익스프레스 가는데. 같이 식사해요."

나는 가까이 다가가 중견수 게리 브라운에게 말을 건넸다.

"…K, 말은 고마워. 우린 그곳에서 식사할 수 없어. 저녁까지 먹어야 하거든."

돈이 문제였다.

저녁을 계산할 돈이 없어지는 것이다.

나이 같은 건 별로 개의치 않는 이들의 문화.

브라운은 대학교를 졸업한 3라운드 지명자였다.

3라운드 지명자 치고는 실력을 빨리 인정받은 편이다.

곧바로 트리플A로 진출한 좋은 케이스의 브라운.

기고만장한 오스턴 필립 패거리와는 좀 다른 순수한 청년들이었다.

모두가 한 팀으로 엮여 있지만 결국은 치열한 경쟁자일 수밖에 없는 마이너리그.

결국은 이들의 순수한 열정과 경쟁심이 메이저리그를 가동하는 원동력이 되는 것이었다.

"어제 우승 기념으로 제가 살게요."

"……!!"

"그, 그게 정말이야?"

"네."

한 끼 식사를 같은 하는 건 작은 인연이 아니었다.

'한 끼 식사일 뿐인데…….'

먹을 것 가지고 장난하는 게 가장 치사한 짓이라고 나는 생각했다.

그 대표 인물이 나를 이렇게 발전시킨 양 도사라는 게 유감이지만 말이다.

어떻게든 제때 식사를 하지 못하면 간단하게 햄버거로 끼니를 해결해야 한다.

그렇지 못하면 숙소에 들어가서 간단하게 요리를 직접

해 먹어야 하는 마이너리거들.

자신을 최우선으로 생각하는 선수들.

그 틈에서 처음 손을 건네는 나를 보면 눈이 휘둥그레졌
다.

"하하, 시간이 많지 않아요. 다른 선수들도 함께 와도 좋
아요. 제가 한 턱 쏜다니까요."

"와우! K! 진짜 멋지다!"

"다른 선수들 모두를 말하는 거야?"

"아, 알았어! 내가 가서 데려올게!"

낙타가 바늘구멍 지나가기보다 어렵다는 메이저리그 입
성.

이들 중 과연 몇 명이나 그 무대에 설 수 있을까.

얼마 동안이나 이들과 함께 뛰게 될지 나도 모른다.

함께하는 동안만이라도 이들이 햄버거 하나에 쩔쩔매는
것은 보고 싶지 않았다.

'제시카가 경비 처리 한다고 했으니까… 괜찮을 거야.'

제시카가 걱정하지 말고 필요한 만큼 쓰라고 했다.

물론 선수를 케어하는 데 드는 비용은 에이전트사에서
정식으로 지불하는 절차를 거쳐야 하지만 법인 카드가 편
하다고 했다.

따로 영수증을 첨부할 필요 없이 일괄처리 된다니 아마

선수들에게 사는 밥값도 비용으로 처리할 것이다.

빵빵한 신용 카드 한도가 결국 그 사람의 인격까지 대변하기도 한다는 부와 명예의 아메리카.

아직 내 손에 들어온 돈은 없지만 제시카가 나에게 투자하는 이유는 명확했다.

가능성이 있다는 말.

"먼저 가 있겠습니다. 가시죠."

게리 브라운과의 대화를 듣고 있던 잭 윌리엄과 크릭 헤스톤.

멍한 표정을 지은 채 나를 바라보았다.

씨익.

그들과 어깨를 나란히 하고 판다곰이 그려져 있는 베이징 익스프레스로 향했다.

휘이이이잉.

사막으로부터 불어온 아침 바람이 한 차례 쓸며 지나갔다.

마침 좋게 기온이 오른 평화로운 아침을 맞고 있었다.

낯선 땅이지만 밥 한 끼를 함께 나누는 것만으로도 우리는 한층 가까워져 있었다.

"감독님, 언제쯤 콜이 올 것 같습니까?"

우적우적.

오늘 선발 투수로 예정된 오스턴 필립.

푸짐하게 접시에 담긴 음식들을 거침없이 우적거리며 씹었다.

밥 마리오 감독을 비롯한 코치들.

그리고 40인 로스터에 들어 있는 선수들이 모여 베이징 익스프레스에서 식사를 하고 있었다.

다른 선수들이 햄버거나 샌드위치로 한 끼 식사를 대신하는 것과는 매우 비교가 되는 식단이다.

이런 데서부터 아치가 나는 선수들의 연봉 차.

이 자리도 오스턴 필립이 단독으로 한 턱 내는 자리였다.

선수들처럼 끼니 걱정까지 할 정도는 아니지만 감독이나 코치들도 넉넉하지는 않았다.

대부분 가정을 꾸리고 있다 보니 생활하기에도 팍팍한 연봉.

메이저리그의 잘나가는 감독들은 최고 500만 달러까지 받았다.

하지만 대부분 50만 달러에서 200만 달러 사이.

선수들 평균 연봉인 320만 달러에도 못 미치는 것이 감독들의 연봉이다.

그만큼 감독들이 행사할 수 있는 파워도 약한 셈이다.

보통 메이저리거들을 관리하는 역할 정도로 전락해 있다고 보면 될 정도였다.

그런 메이저리그 감독에도 훨씬 못 미치는 마이너리그 감독과 코치들의 연봉.

비교 자체가 불필요했다.

기껏해야 잘나가는 감독들의 연봉이 20만 달러 수준.

코치들도 몇만 달러 내외였다.

그럼에도 불구하고 이 일을 하는 데는 모두 연금 혜택과 의료보험을 비롯해 사회보험이 빵빵하기 때문이다.

"곧 올 걸세. 선발진도 문제지만 중간 계투들이 안정감을 주지 못하고 있어."

"타자 쪽은 어떻습니까?"

주전 우익수를 맡고 있는 로저 카인이 물었다.

감독과 코치들이 있는 자리에서 편하게 얘기할 수 있는 이 선수들.

40인 로스터에 들어 있는 보호선수들이다.

"오더가 내려올 걸세. 타자들도 움직임이 많을 거야."

이들은 감독이나 코치들이 최대한 친절하게 대했다.

메이저리그 40인 로스터이면서 부상자로 잠깐씩 내려오는 선수들.

감독들도 선수들의 투표로 갈 곳이 결정되는 게 바로 메이저리그였다.

이들에게 잘 보여야 승격의 기회가 주어졌다.

특히 이번 시즌처럼 메이저리그 팀이 위기에 처하면 그 영향은 더 컸다.

감독을 비롯해 코칭스태프 전원이 물갈이 되는 경우도 발생했다.

어차피 코치들의 실력은 거기서 거기로 비슷비슷했다.

본래 메이저리그에 오른 선수들은 많은 조언을 필요로 하지 않았다.

실력이 타고 났거나 스스로 갈고닦는 데 이골이 난 선수들이 대부분이다.

또 실력이 뒤처지게 되면 곧바로 마이너리그행이라는 사실을 누구보다 자신들이 더 잘 알고 있어 알아서 뛰었다.

냉정한 승부의 세계에서 살아남는 법을 터득한 이들에게 조언은 거추장스러웠다.

마이너리그 옵션을 행사하는 선수들도 몇 있었다.

하지만 그렇다고 해서 없는 실력이 곧바로 느는 건 아니었다.

"감독님만 믿겠습니다."

"오늘 잘 던져보게."

"하하, 걱정 마십시오. 그깟 피프티원스쯤이야 아무것도 아닙니다."

메이저리그에서는 그저 그런 평범한 수준의 투수.

그러나 트리플 A에서는 괜찮은 선발 투수감인 오스턴 필립.

어깨를 쫙 펴고 건방을 떨었다.

메이저리그 물맛을 몇 번 봤다고 자신감을 보이는 것이다.

달깍달깍.

감독과 코치들이 먹는 일에 집중했다.

먹고사는 문제에서 자유로울 수 없는 사람들.

열악한 환경에서 선수들과의 관계 유지를 원만하게 꾸리는 것도 어려운 일이었다.

싸구려 호텔을 전전하고 햄버거와 샌드위치로 배를 채우는 일이 다반사였다.

그럼에도 불구하고 젊은 시절 꿈과 열정이 야구에 있었기 때문에 가능한 삶.

불편함을 감수한 만큼 보람을 느끼기도 했다.

딸랑딸랑.

출입문 열리는 소리가 들렸다.

"오! 이거 냄새 죽이는데요?"

"큼큼, 오늘 K 덕분에 포식하겠다."

쨰 들뜬 듯한 목소리가 들려왔다.

"저 녀석들 뭐야?"

"크크, 오늘만 먹고 끝낼 셈인가 본데."

"뭐야, 주제를 알아야지."

오스턴 필립 일행이 베이징 익스프레스로 들어서는 잭 일행을 보며 수군거렸다.

자신들도 한때는 같은 시절을 보냈다는 것을 기억하지 못했다.

연봉이 달라지면 삶의 질도 달라지고 사람도 달라졌다.

함께 뛰는 동료들을 깔봐도 뭐라고 할 사람은 아무도 없었다.

어차피 능력이 되지 않으면 오를 수 없는 메이저리그.

그런 곳에 명단을 올리고 있다는 것 자체가 차별을 가능한 입장.

스스로 하늘의 별이라도 되는 양 인식했다.

"어~ 감독님과 코치님들도 계셨네~"

게임 한 번 뛰고 K라는 애칭까지 얻은 동양인 투수.

단 하루 만에 프레즈노 그리즐리스의 주축 선수 신분이 되었다.

그러면서 다른 선수들과 자연스럽게 어울렸다.

다른 동양인이나 남미 선수들과 달리 언어에 제약을 받

지 않았고 성격 또한 활발했다.

"진짜 K가 쏘는 거야?"

"그렇다니까! 마음 바뀌기 전에 빨리 들어와."

"흐흐, 어제 꿈속에 먼로가 보이더니……."

우르르르르르.

K와 포수 잭 윌리엄.

어제 선발 투수로 뛰다 개쪽을 당했던 크릭 헤스톤.

그들 뒤로 일단의 선수들이 우르르 쏟아져 들어왔다.

모두들 정장 차림이었지만 몰골은 배고픈 늑대들 같았
다.

벌써 햄버거를 입에 물고 있는 이들도 있었고 버스에서
이제 내린 듯 얼떨떨한 표정의 이들도 보였다.

"뭐, 뭐야!"

"……."

그들을 보고 당황한 것은 되레 오스턴 필립 일행과 코칭
스태프들.

베이징 익스프레스에서 식사를 하다 어이없는 표정으로
쳐다보고 있었다.

돈이 없기는 감독도 마찬가지.

다른 선수들을 챙기거나 대접한다는 것은 거의 불가능했
다.

그럴 만한 기회도 없었고 말이다.

기껏해야 리그 우승 정도 하고 나면 구단주가 한턱 쏘는 수준.

메이저리그에서 활동하는 선수들이 친한 후배들에게나 선심을 쓰는 게 전부였다.

20여 명에 달하는 선수가 한꺼번에 몰려들자 베이징 익스프레스는 순식간에 왁자지껄해졌다.

제법 큰 규모의 식당임에도 꽉 차 보였다.

"다들 뭐하세요~ 시간이 촉박합니다~ 맛있게 드십시오."

"K! 고맙다!"

"오오오! 넌 우리의 행운이야! 그리스도께서 보낸 은총이라고!"

"정말 다 맛봐도 돼?"

"하하, 물론입니다. 음료수까지 무제한입니다."

"키오오오오오!"

"K! K! K!"

음식을 보자 더 허기가 지는 선수들.

재빨리 줄을 서며 입으로는 K를 외쳤다.

"저 자식이……."

대식가들로 유명한 선수들.

이들이 양껏 먹는다고 했을 때 식비는 천 달러가 넘게 나올 수 있었다.

겁 없이 20여 명의 선수를 몽땅 불러온 K.

눈엣가시처럼 계속 거슬리고 있는 건방진 동양인 투수.

"하하, 저 친구 볼 때마다 맘에 든다니까."

속으로 분을 삭이지 못하고 씩씩거리는 오스턴 필립과 달리 호의를 보이는 불펜 코치.

드루먼이 K의 행동을 지켜보다 호탕하게 웃음을 터뜨렸다.

"괴짜군."

밥 마리오 감독의 짧은 한마디.

"빌어먹을 꼬맹이……."

오스턴 필립이 낮은 소리로 중얼거렸다.

메이저리그 선배들이 하는 짓을 K가 하고 있었다.

말은 안 했지만 계약금을 100만 달러나 받았다는 소리를 듣고 자존심이 몹시 상해 있었다.

벌써 돈질을 하는 것으로밖에 보이지 않았다.

미국 본토 선수들 중에도 그만큼의 계약금을 받고 마이너리그에 입단하는 이들은 드물었다.

드래프트를 통해 입단한 미국 최고의 신인 스트라스버그도 계약금 1,500만 달러.

그것도 4년 계약에 그 돈이 건네졌다.

물론 오스틴 필립도 연봉은 아주 못 받고 있지 않았다.

메이저리그 최저 연봉에서 조금 더 받고 있었다.

하지만 신인들은 계약금으로 실력을 평가받았다.

그 점에서 K가 계약금 100만 달러를 받았다는 것은 그만큼 실력을 인정받았다는 것이 된다.

드래프트 상위 순위에 있는 이들도 100만 달러를 계약금으로 받기는 쉽지 않았다.

"끼아아! 오렌지 치킨이다!!!"

"저 닭고기 훈제는 손대지마! 내가 다 먹어버릴 거야!"

매일 같은 먹거리로 끼니를 해결하던 선수들.

그들에게 골라 먹을 수 있는 메뉴가 주어지는 베이징 익스프레스는 환상 그 자체.

돈 많은 보호 선수들과 달리 주머니가 가벼운 선수들에게 이만한 보너스는 흔하게 주어지는 기회가 아니었다.

"많이들 먹게나."

"자리를 비워줘야겠어. 하하하."

마침 식사를 대충 마친 코치들이 자리를 털고 일어났다.

시즌 중에도 수많은 선수들이 수시로 오가는 마이너리그.

깊은 정을 줄 사이도 없이 왔다 갔다 했지만 모두 한솥밥을 먹고 있는 팀원들로 마음만은 늘 함께했다.

"K? 나 커피 마셔도 돼?"

"물론~"

"와우!"

"스위트 화이어 치킨 브레스트하고 믹스드 베지도 주세요!"

"자, 잠시만 기다리십시오."

한 덩치 하는 선수들이 몰려들자 정신이 없기는 주문을 담당하는 직원도 마찬가지였다.

교통의 중심지인 만큼 아침 일찍 식당을 여는 이곳 베이징 익스프레스.

오늘은 아침부터 대박 조짐이 보였다.

한 선수당 보통 세 접시씩은 거뜬히 해치웠다.

"야! 그걸 다 주문하면 어떡해!"

"제프, 염치가 있어야지. 넌 삶은 달걀이나 먹어!"

어제 에러를 두 개나 만든 제프에게 한 선수가 농담을 던졌다.

"푸하하하."

"내 새우튀김!!!"

선수들 모두 오랜만에 맛보는 맛있는 음식들.

간만에 팀원들 간에 화기애애한 분위기가 연출되었다.

생기가 넘치는 아침 식사.

마리오 감독은 그들의 모습을 보며 오늘도 행운이 따라
주길 은근히 기대했다.

이들 모두가 마이너리그 밑바닥부터 올라온 선수들이 대
부분이었다.

이 시간만이라도 즐거움을 만끽하기를 바랐다.

'볼수록 재수 없어! 어디서 굴러먹다 와서.'

하는 짓이 꼭 메이저리그 선수들처럼 굴었다.

어디서 건방지게 한턱 쏜다고 나선단 말인가.

마이너리그에서 선수들에게 한턱 쏜다는 카드를 쓸 수
있는 자격은 메이저리거들뿐이었다.

정해진 바는 아니었지만 문화가 그렇게 굳어져 가고 있
었다.

연봉도 쥐꼬리만큼 받는 마이너리거들.

그들이 감히 메이저리그를 오가는 로스터들에게 한턱 쏜
다는 것은 어불성설이었다.

부상자 명단에 오르거나 재활 목적으로 마이너리그에 와
있는 대연봉의 메이저리거들.

과거를 떠올리며 적은 돈이지만 파티를 벌였다.

그런데 그 자리에서 갓 입단한 애송이가 물주 노릇을

했다.

아직 나이도 어린데 제시카 로엘이 직접 계약에 참여했다는 동양인 투수.

실력이 뛰어난 것은 인정하지 않을 수 없었다.

바닥을 기고 있던 프레즈노 그리즐리스를 결국 우승으로 이끈 주역.

꽤 큰 점수 차를 등판하는 순간부터 좁히기 시작해 막판에는 뒤집기에 성공했다.

겉으로는 과감한 척 비웃었지만 속으로 두려움까지 느끼고 있었던 오스턴 필립.

그의 다국어 실력에도 숨이 턱 막혔었다.

동양인 선수들의 약점 중 하나가 언어의 장벽이었다.

하지만 애송이는 영어뿐만 아니라 스페인어까지 능통했다.

버려진 물건처럼 한쪽 구석을 차지했던 남미권 선수들.

그들과도 짧은 시간에 가까워졌다.

비주얼도 동양인답지 않고 훌륭했다.

사람들을 끌어들이는 매력이 분명 있었다.

오스턴 필립으로서는 흉내 낼 수 없는 마력 같은 것이 존재했다.

마이너리거들이 배고프다는 사실을 잘 알고 행동하는 듯

한 애송이의 태도.

그들을 인간적으로 대하고 있었다.

한때 마이너리거로 메이저리그를 꿈꾸던 시절의 오스턴 필립.

그도 애송이와 같은 선수가 되리라 다짐했던 적이 있었다.

하지만 사람이 변하게 마련이었다.

인정받는 순간 세상은 자기중심으로 돌아가는 듯했다.

오랫동안 기다려 온 기회.

애송이는 마이너리거들이 얼마나 배고프고 외로운지 잘 간파했다.

그리고 단 하루 만에 거의 모든 선수들을 자신의 편으로 끌어들였다.

실력과 배짱.

거침없는 배포까지 갖고 있는 만만치 않은 놈이 분명했다.

'애송이가 올라가면… 내 자리가 없다.'

곧 샌프란시스코 자이언츠에서 콜업이 올 거란 사실을 오스턴은 이미 알고 있었다.

현재로서는 쓸 만한 선수가 부족한 샌프란시스코 자이언츠.

수시로 트리플A 유망주와 더블A 유망주들이 불려 올라 갔다.

물갈이가 심할 때 제대로 때를 맞춰 실력을 보이면 주전 붙박이가 될 수도 있었다.

메이저리그 진출을 목전에 두고 있었던 오스턴 필립.

K가 나타나면서 계획에 이상이 생겼다.

K에 관한 얘기는 구단 측에 들어가지 않을 리가 없다.

메이저리거 25인 로스터는 언제나 빡빡한 실정.

다섯 명의 선발과 중간 계투.

마무리까지 합치면 투수들의 수가 가장 많았다.

그렇게 되면 경쟁도 치열해질 수밖에 없다.

위로 올라가기 위해서는 누군가를 짓밟아야 가능한 법.

올해 우승은 일찌감치 포기하고 있었던 만큼 승격될 기 회는 넘쳤다.

이때를 놓치면 언제 다시 기회가 올지 기약할 수 없었다.

"코치님! 나가시다 클럽 매니저님 보면 같이 식사나 하자 고 전해주세요~"

밖으로 나가는 드루먼 코치에게 K가 말을 건넸다.

"알겠네. 내 전화하도록 하지."

"감사합니다."

"하하, 감사는 무슨~"

코치들과도 벽을 깨고 완만한 관계를 형성한 K.

몇 년 차 메이저리거들 못지않게 팀 분위기를 주도하고 있었다.

벌써 프레즈노 그리즐리스는 K를 중심으로 굴러가는 듯한 인상을 주었다.

꾸욱.

자리에 앉은 채 주먹을 움켜쥐는 오스틴 필립.

자의든 타의든 K의 등장에 자신의 강력한 라이벌이 애송이가 되었다는 사실이 불쾌했다.

그 사실을 깨닫는 데 많은 시간이 필요치 않았다.

아작아작.

'진짜 공기… 뜨겁네.'

식사를 끝내고 식당 밖으로 나왔다.

아직 다른 선수들은 식사 중.

어마어마한 식사량을 보였다.

요리가 부족해 급하게 준비한 음식까지 모조리 바닥을 드러냈다.

음식 맛은 그럭저럭 먹을 만했다.

북경루에서 내놓던 요리들에 비하면 한참 부족한 맛.

그러나 배가 고팠던 만큼 필요한 영양소는 충분히 섭취

할 수 있었다.

가격대는 대체로 저렴했다.

쌀밥 한 그릇에 신선한 야채 요리 한 접시를 비웠다.

미리 계산을 마치고 서비스로 건넨 과자 한 개를 입에 물고 나왔다.

베이징 익스프레스 내와 기온 차가 꽤 났다.

식당으로 들어가긴 전의 온도보다 기온이 훨씬 올라가 있는 바깥 공기.

멀리 펼쳐져 보이는 삭막한 사막 풍경이 더 뜨겁게 느껴졌다.

그르르르 그르르르르르르.

기차였다.

'진짜 기차도 다니네.'

마스토우 역 철로를 달리는 화물열차.

과연 스케일이 미국다웠다.

대충 봐도 수십 량 정도가 아니었다.

거의 백여 량 정도를 단 화물 객차가 끊임없이 꼬리를 물고 연결돼 있었다.

대륙 횡단을 하자니 대량으로 끌고 가야 장사를 해도 남을 테니 과연 그 힘이 대단해 보였다.

"K~ 여기 있었네요~ 어제는 정말 미안했어요."

'오우~ 그 홍보 팀 누님이잖아~'

어제 처음 클럽하우스 출입을 감행하다 맞닥뜨렸던 홍보 팀 사원이 나를 알은 체했다.

까만 선글라스를 착용한 채 활짝 웃었다.

제인 루시아.

선수들 상당수가 제인을 짝사랑하고 있다는 소문을 주워들었다.

살짝 치켜 올라간 눈매와 입꼬리가 섹시해 보였다.

그러고 보니 구단 홍보팀 사원답게 흠잡을 데가 거의 없어 보였다.

"날씨가 꽤 덥네요."

굳이 따로 사과를 받아야 할 만큼 대단한 실수도 아니었다.

대수롭지 않게 인사를 받았다.

"그렇죠? 이곳에서 생활하지만 여름에는 알래스카로 이민을 가고 싶을 정도죠."

하얀 이를 드러내며 시원하게 웃는 제인.

푸른색 투피스 정장 차림의 활짝 웃는 제인을 보고 있자니 사막의 오아시스를 대하고 있는 듯한 기분이 들었다.

"그런가요? 한국도 장마철이란 기간이 있습니다. 습기가 장난 아니죠."

"여긴 습기는 없어요. 인디언 써머 기간에는 죽을 지경이지만요."

어제 나를 대했던 태도와는 사뭇 다른 부드러운 말투.

나이 따위 같은 것은 묻지도 않은 채 편안하게 말을 건넸다.

굳이 한국에서처럼 나이를 밝히고 연배를 따져 서열을 정할 필요가 없는 문화.

제시카가 나에게 적극적으로 대시하는 이유도 미국의 자유분방한 사고방식 때문이었다.

"여기 출신인가요?"

"네~ 이곳에서 태어나서 캘리포니아 주립대학에서 의학을 전공했어요."

'의학? 그런데 야구 홍보요원을?'

175 정도 되는 잘빠진 몸매의 제인.

미국에서도 의대생은 꽤 대우를 받는 것으로 알고 있다.

전공과는 전혀 어울리지 않는 마이너리그 팀의 홍보요원.

그녀에게 살짝 호기심이 생겼다.

"야구를 좋아하셨나 봐요."

"물론이죠. 어릴 때부터 아빠와 야구장에서 살다시피 했어요. 의대를 졸업하긴 했지만 전 야구가 더 좋았어요. 그래서 직업으로 선택했죠. 재활 트레이너 자격증도 갖고 있어요. 몸에 문제가 생기면 언제든 얘기해요."

대한민국의 사고방식과는 많이 다른 사고를 갖고 있는 사람들이란 생각이 들었다.

의대를 졸업하면 당연히 의사가 되는 것이 한국의 사고 방식.

박봉의 구단 홍보직원 자리를 선택했다는 제인의 말이 선뜻 이해하기 힘들었다.

제시카와 크게 다르지 않은 부류로 보였다.

부유한 가정의 장군 출신 아버지를 둔 제시카.

대단한 학벌의 프로필을 갖고도 외국 학교 교사로 근무했던 경력.

"말씀만으로도 감사합니다."

"말만 그렇게 하는 게 아니에요~ 우리 구단 선수들 모두 제 특별한 고객들이라구요."

'고객?'

뭔가 뉘앙스가 좀 이상하게 들렸다.

"아! 그리고 오늘 저녁 시간 있어요?"

"……??"

"경기는 5시 시작이니까 늦어도 8시쯤엔 끝날 거예요. 어제 일 사과도 할 겸 근사한 저녁 살게요."

'그렇게까지 안 해도 되는데.'

"좋습니다."

이곳은 화려한 라스베이거스.

오랜만에 미모의 여성에게 받는 데이트 신청이었다.

거절한다면 예의가 아니었다.

게다가 팀 홍보직원.

얼마가 될지 모르지만 그녀가 말한 대로 우린 한팀이었다.

좀 더 가까워진다 해도 문제될 것은 없었다.

방긋.

눈웃음이 매력적인 제인.

살짝 웃으며 눈을 찡긋거렸다.

태양빛이 강한 캘리포니아 주 출신답게 피부는 구릿빛으로 건강미가 넘쳐 보였다.

또다른 여성적 매력이 그녀를 돋보이게 하고 있었다.

"K!"

오래전부터 알고 지낸 사이처럼 하루 사이에 부쩍 친밀해진 잭 윌리엄.

그가 나를 부르며 다가왔다.

"그럼 저녁에 봐요."

잭 윌리엄이 다가오자 눈웃음을 남긴 채 자신이 타고 왔던 1번 버스로 향하는 제인.

'뒷모습도 대박이구나…….'

신이 만들어 놓은 것들 중에 가장 차별이 많은 제품.

남성들에게는 기쁨과 동시에 괴로움을 안기는 미모의 여성들이 아닐까 하는 생각이 문득 스쳤다.

이미 기혼자들로서는 자신의 아내와 그녀들을 비교할 수밖에 없는 삶의 현장.

비로소 그제야 세상은 불공평하다 느낄 수밖에 없고 현실을 받아들여야 남성들의 현실.

"제인~ 어젯밤 잠을 잘못 잔 거 같아요. 오늘 어깨 좀 봐 줘요~"

"하는 거 봐서요~"

돌아서는 제인을 향해 잭 윌리엄이 큰 소리로 외쳤다.

노장인 데다 아직 미혼인 잭 윌리엄의 입은 헤벌쭉 벌어져 있었다.

"관심 있어요?"

"관심? 물론이지!"

나의 질문에 진지한 눈빛을 보이는 잭 윌리엄.

"루시아만 얻을 수 있다면 난 이 지긋지긋한 마이너리그 인생을 접을 용의도 있다고. 루시아가 얼마나 똑똑한 여자인 줄 알아? 그리고… 결정적으로 부자란 말이지."

"부자요?"

"오~ K는 모르겠군. 제인 루시아는 엄청난 부자란 말이지."

미국에서 부자라면 진짜 부자를 말했다.

그렇다면 더더욱 제인이 이해가 더 안 갔다.

부자에 의대 졸업생.

그런데 뭐가 아쉬워 고작 마이너리그 구단 홍보직원을 하고 있단 말인가.

아무리 야구가 좋아서 선택한 직업이라고는 하지만 내가 부모여도 용납하기 힘들 것 같았다.

"집안이 대단한가요?"

"당연하지. 프레즈노, 아니 캘리포니아 주에서 엄청난 위명을 떨친 분이 그녀의 아버지야."

"그렇군요."

"K, 혹시 오다가 엄청난 아몬드 농장 못 봤어?"

"봤습니다."

"그게 다 제인 아버지 농장이야. 그리고 제인은 그 집안 외동딸이고 말이야."

"……!!"

'와우!'

아몬드의 세계적 주산지인 프레즈노.

그 중심에 그녀의 아버지가 있다는 말이었다.

"그리고 말이야, 프레즈노 그리즐리스도 그분 거야."

"네? 그, 그럼⋯⋯."

"맞아, 제인의 아버지가 바로 구단주야."

"성이 다른데요? 구단주의 이름은 카일 벅스인 걸로 아는데요."

"제인 루시아 벅스, 그녀의 풀 네임이야."

이제야 조금 전 그녀의 말이 이해가 되었다.

선수들 모두가 그녀의 특별한 고객이라는 말.

당연한 그녀의 말이었다.

선수들 모두가 결국 구단의 재산이면서 돈을 끌어모으는 서커스 내 공연 팀이나 마찬가지.

특별하게 관리해야 하는 고객들일 수밖에 없었다.

"아!"

완벽하게 차별이 판치는 세상이었다.

제인도 전생에 대제국 정도를 위기에서 구한 모양이었다.

"제인이랑 무슨 얘기했어? 식사라도 같이하재?"

"비밀입니다~"

씨익.

늘 빈 가지에는 새로운 새들이 찾아와 앉게 마련이다.

나는 입가에 비밀스러운 미소를 지었다.

그냥 인연은 이렇게 오기도 하고 가기도 하는 법이니까 말이다.

아직 나는 뜨거운 청춘의 한가운데 서 있을 뿐.

인생을 배워가고 있는 중인 만큼 그녀가 내빈 손을 잡아 볼 생각이다.

저녁 식사 초대.

"뭐야! K! 제인은 내가 찜했다고 했잖아~"

제9장
누가 좀 말려봐!

"이, 이 자식. 언제 미국으로 간 거야!"

스포츠 기사를 보고 있던 김대철.

손이 부들부들 떨렸다.

갑자기 감시망에서 사라져 버렸다는 소식을 듣고 이만 갈고 있었다.

그런데 오늘 신문을 받고 화가 머리끝까지 치솟은 김대철.

조국일보에서 발행하는 스포츠 신문의 메인을 장식한 대문짝만 한 사진과 기사.

미국 마이너리그 소식이었다.

분명 얼마 전까지 오성 그룹 저택에 머물고 있는 것으로 파악이 되었던 강민.

그 녀석의 사진이 함께 실려 있었다.

그것도 마이너리그 선수로 떡하니 이름을 올린 채.

해성같이 떠오른 K.

상상을 초월하는 실력을 자랑하며 마이너리그 첫 무대를 퍼펙트게임으로 마무리했다는 기사다.

본래가 스포츠에 관심이 많았넌 김대철.

뿔이 있는 대로 났다.

앞뒤 정황을 제대로 파악할 수가 없어 속이 더 뒤집어졌다.

강민을 처리하라고 지시해 놓은 조직들은 굴비처럼 엮여 들어갔다.

강화도에서 벌어진 깡패들의 집단 패싸움.

총기까지 사용하면서 여론의 십자포화를 당했다.

그 사건으로 조직폭력배들 대부분이 구속 수감되었다.

"…이 새끼, 정체가 뭐야. 골프에… 이제는 야구야? 그것도 미국까지 건너가서?"

골프도 프로 뺨치는 수준이었다.

아무리 잘나가는 야구 타자도 뛰어난 골프 선수가 되기

는 힘들었다.

몸에 밴 스윙 메커니즘 때문에 정교한 골프 스윙을 만들 어낼 수 없는 것이다.

그렇다면 강민의 정체가 무엇이란 말인가.

기사 내용에 따르면 투수와 타자적 자질도 뛰어나다는 평가다.

골프 선수로서의 자질보다 더한 평가를 받고 있었다.

"차라리 잘됐어! 눈앞에 알짱거리지 않는 낫지. 미국에서 총 맞아 뒈졌다는 소식이 더 그럴싸하겠어. 흐흐흐."

바들거리던 손이 진정되는 듯한 김대철.

비릿한 웃음을 띠더니 조용히 휴대전화를 집어 들었다.

띠디딕.

가볍게 번호를 눌렀다.

"나요."

"네, 사장님."

"신문 봤소?"

"물론입니다. 연락을 취해놨습니다."

"진짜 마지막 기회요."

"알고 있습니다."

"마무리 잘하시오, 정 사장."

"…믿어보십시오."

"믿겠소."

"감사합니다."

띠릭.

계속해서 계획에 차질이 생기고 있었지만 마지막 기회를 주기로 한 김대철.

히트맨을 소개했던 업자에게 연락을 넣었다.

"이번에는 살려두지 않겠어……. 미국 갱단이라도 섭외를 하고 말 테다. 이 빌어먹을 개새끼……."

골수 깊숙이까지 박혀든 분노.

김대철은 식지 않는 진득한 살기를 뿜었다.

좁아질 대로 좁아진 세상.

강민을 처리하는 데 미국이 더 좋은 환경이 돼줄 수도 있었다.

"하아, 미국이라니……."

미요코는 가벼운 한숨을 몰아쉬었다.

샘플 하나를 처리하는 데 이렇게 오랜 시간을 끌었던 적은 없었다.

강민을 치우기 위해 오성 그룹 저택까지 침입했었던 미요코.

일월문에서 온 연락을 받고 할 말을 잃어버렸다.

찰나의 틈을 타 미국으로 도주해 버린 강민.

미요코는 있는 대로 인상을 구겼다.

본토와 가까운 한국에서 처리했어야 했다.

미국까지 도주했다면 일이 까다롭고 복잡해졌다.

가문의 특수 배송 방법을 이용하면 미국까지 검을 가져가는 방법은 그렇게 문제되지는 않았다.

하지만 간단하게 처리할 수 있었던 상황이 이렇게 꼬인다는 것 자체가 불길했다.

예감이 좋지 않았다.

"강민, 목숨이 질기구나."

미국 땅에 가자마자 야구 선수로 활약하고 있다는 그의 소식.

가문에서는 이미 미국행 티켓까지 준비해 놓은 상태였다.

일을 마칠 때까지 본토로 돌아갈 수 없게 된다.

이번에는 그를 죽이거나 미요코 자신이 죽어야 상황이 종료될 것이다.

"쌩큐, 강민. 미국까지 가게 해주다니."

괜히 장난스러운 마음까지 들게 하는 강민.

사실 고마운 점도 없지 않았다.

분명 처리해야 하는 목표물이었지만 미요코에게 세상 구

경을 시키고 있는 사람임은 분명했다.

지금까지 매일 닌자 훈련만 해오던 미요코.

그녀의 인생에 있어 비행기 타고 미국 여행을 할 기회는 준비돼 있지 않았다.

그에게 개인적인 원한 같은 것은 없었다.

다만 일은 일로써 처리할 뿐.

강민은 가문의 공식적인 사업의 일부일 뿐이었다.

더 이상의 의미는 없었다.

"아버님, 죄송합니다."

"괜찮다. 다 늙은 노인을 대인께서 필요로 하신다니 가야 지."

"소자가 직접 모시겠습니다."

"그래, 그렇게 해라. …동생들도 많이 보고 싶구나."

홍콩의 야경이 한눈에 들어오는 마온산의 별장.

이곳을 기반으로 하고 있는 용 대인의 보호 가문인 장씨 가문의 장원.

용 대인의 명을 받아 움직였지만 실패를 하고 돌아온 장 령기.

그가 고개를 숙인 채 부친 장량을 향해 죄송한 마음을 전 하고 있었다.

삼국 시대를 호령했던 장비의 후손들.

체격이 장중한 장량이 애틋한 눈빛으로 장령기를 바라보았다.

올해 여든에 가까운 장량의 부친이며 장령기의 조부인 장료가 옆에서 두 부자의 모습을 말없이 지켜보았다.

나이를 짐작하기 어려울 만큼 아직도 여전한 눈빛을 띠고 있는 장료.

장씨 권법을 대성한 까닭에 청춘을 돌려받고 있는 중이었다.

두발은 백발이었지만 눈동자는 새까맣게 정광을 번뜩였다.

"용 대인께서 가문의 원로 어른들과 함께 일주일 후 출발하라 하셨습니다."

"알았다."

대륙이 격동기를 겪을 당시 용 대인 가문의 도움을 받은 바 있었던 장씨 가문.

보호 가문이 되면서 무난하게 지난 세월을 버텨왔다.

그동안 숱한 일들을 치렀고 이제 다시 가문의 부름을 눈앞에 두고 있었다.

한 번 엮인 운명.

악연인지 선연인지 모를 운명의 기로에 서 있었다.

"량아……."

"네, 아버님."

"너로 끝을 내야 하느니라. 호랑이는 결코 주인을 섬기지 않는 법. 이제… 고향으로 돌아가자꾸나."

"……."

"내 손자 롱이는 결코 이런 일을 해서는 아니 되느니라. 선조들께서 지하에서 통탄해 마지않고 계실 것이다."

"…아버님의 뜻을 받들겠나이다."

"그래. 그럼 됐다."

뒷짐을 진 채 소리 없이 바다 위를 떠가는 유람선을 묵묵히 바라보는 장료.

그의 눈빛에서는 아무것도 읽어낼 수가 없었다.

무심하게 가라앉은 장료의 눈동자.

빈손으로 왔다가 빈손으로 돌아가는 세상의 이치가 짐작될 뿐이었다.

미련이라고 한다면 스스로 열어가야 할 운명과 마주선 자손들에 대한 걱정뿐이었다.

"와아아아아아!"

"프레즈노 촌놈들을 박살 내라!"

"승리의 라스베이거스 피프티원스!!!"

'응원도 참 열성적이네.'

지역적 색채가 진한 강한 미국.

좁은 땅덩어리인 한반도도 남과 북.

동과 서 등으로 나뉘어 신나게 지역적 색채를 드러내며 쌈박질을 해댔다.

미국이라고 다를 게 없어 보였다.

연방이라는 공동체 안에 모여 있는 50개가 넘는 미국의 주들.

그 밑 도시들의 자존심은 하늘을 찔렀다.

특히 이웃한 경쟁 야구팀을 향한 그들의 적개심은 불쾌감까지 주고 있었다.

"오늘 모조리 박살 내주지! 크크크."

연습 투구를 마치고 경기가 시작되기를 기다리던 오스턴 필립.

팀원 모두가 해피한 마음으로 라스베이거스에 왔다.

베이징 익스프레스에서 양껏 배를 채운 선수들.

나는 서비스로 햄버거 수십 개와 각종 음료를 비롯해 부식거리까지 제공했다.

사람이 인심을 쓸 때는 확실히 써야 기억에도 남는 법.

오는 내내 선수들은 콧노래를 부르며 즐거워했다.

그리고 도착한 라스베이거스.

대놓고 프레즈노 그리즐리스 선수들을 향해 촌놈이라고
비웃었다.

사막 가운데 갑자기 모습을 드러낸 도시.

LA와는 비교도 안 됐다.

왜 이들이 일제히 프레즈노 그리즐리스 팀들을 향해 촌
놈이라고 하는지 이해가 갔다.

화려하고 거대한 호텔들.

숲을 이룬 높은 빌딩들과 어울린 야자수.

깨끗한 거리와 눈부신 상점들.

지난밤 썰렁하기 그지없던 프레즈노의 풍경과는 거리가
멀었다.

구장만 해도 그렇다.

깔끔하고 멋졌다.

도시 깊숙한 주택가에 위치한 캐시맨 필드.

외야석 쪽에는 좌석도 없이 푸른 잔디밭이 펼쳐졌다.

약 만 명 정도를 수용할 수 있는 깔끔한 구장.

조명이나 기타 각종 시설도 프레즈노보다는 훨씬 깨끗하
고 좋았다.

멀리 민중 사막의 산도 눈에 들어오는 야구 구장.

저녁 무렵이 되자 기온은 경기하기 딱 좋을 만큼 떨어졌
다.

습도가 없는 27도 정도의 기온.

기를 수련해 놓은 덕에 날씨와 계절에 크게 영향을 받지 않는 나였지만 다른 선수들은 입장이 달랐다.

그나마 추위보다 더울 때 근육이 덜 다친다는 것에 위안을 삼았다.

프레즈노 그리즐리스 팀을 이곳 사람들은 성대하게(?) 환영해 주고 있었다.

곳곳에 자리하고 있는 경찰관들도 눈에 띄었다.

모르긴 몰라도 물리적 충돌을 우려한 것으로 보였다.

경기 시작 전임에도 원정팀 덕아웃 위 벤치에서는 벌써부터 불쾌한 망발들이 쏟아지고 있었다.

기세가 장난 아니었다.

그러다 보니 프레즈노 그리즐리스를 대놓고 응원하는 사람들은 거의 없었다.

보스턴과 컵스.

양키스 같은 팀들은 어느 도시를 가도 원정 팀 응원석이 빽빽이 들어찼다.

하지만 프레즈노 그리즐리스는 그들 팀과 처지가 달랐다.

"경기가 시작되겠습니다."

국가 제창이 끝나고 전광판에 선수들 명단이 빠르게 나

타났다 사라졌다.

"우우우우우우!"

프레즈노 그리즐리스 선수들의 얼굴과 이름이 지나가자 야유를 퍼붓기 시작하는 관중들.

못돼 먹은 돼지들 심보를 보였다.

'오호~ 나는 이제 완벽하게 K로 통하는 건가.'

여전히 얼굴도 없이 나는 K로만 소개가 되고 있었다.

후보 명단에 선명하게 띄워진 나의 이름 K.

어제 선발 투수 못지않게 던진 만큼 오늘은 등판까지 생각하지 않았다.

"어제 승리를 이어서 오늘도 놈들을 박살 내버려!"

"옛써! 캡틴!"

"프란스시코 한 방 날려!"

"저만 믿으십시오!"

"프레즈노 파이팅!!!"

감독의 출동 사인과 코칭 스태프들의 활기찬 파이팅.

어제보다 더 힘차게 덕아웃을 울렸다.

타다닥.

1번 타자 프란시스코 페가로가 방망이를 들고 나갔다.

부웅! 부웅!

연습 타석에서 가볍게 방망이를 휘두른 프란시스코.

타석에 올랐다.

쿠바 출신으로 어제는 안타를 때렸던 선수다.

자료에서 확인한 그의 기록.

3할대 타율을 때리는 프레즈노의 붙박이 1번 타자.

출루율은 4할대로 적당한 수준으로 치고 나가고 있는 선수였다.

"오늘 투수 잘 봐둬! 데리 토빈이다. 메츠에 곧 올라갈 녀석이야. 대학 졸업 후 작년에 더블A에서 뛰다가 올해 트리플A로 승격됐어. 슬라이더가 80마일 후반에 직구 구속도 95마일 정도 나온다. 제구력도 완벽해. 올라가게 되면 바로 선발 맡을 거야."

하루 사이 단짝이 된 잭 윌리엄.

상대편 투수나 타자에 관한 자신이 알고 있는 정보를 깨알처럼 전해주었다.

"메이저리그에서 활동하고 싶진 않으세요?"

"…하고 싶지. 나이가 기다려 주질 않아서 문제야. 몇 년만 더 버티면 올라가서 돈도 벌고 장가도 갈 수 있을 것 같은데. 맘처럼 쉽지가 않아."

역시 시간은 기다려 주지 않는 모양이다.

하지만 긍정적인 기운이 많은 잭.

"3년 전 헤어진 여자 친구도 기다리지 못했어. 미국 스포츠계에서 가장 불쌍한 마이너리그 선수하고 살 수 없었을 거야."

연봉이 박한 데도 미래도 보장되지 않는 이들의 신세.

시즌 중에는 얼굴도 보기 힘든 사람을 남편감으로 누가 반기겠는가.

나 같아도 다시 생각해 보고 싶을 것이다.

'타격도 괜찮고, 포수로서 리드 능력도 좋다.'

한 번의 게임을 같이했을 뿐이지만 잭 윌리엄은 충분히 가능성이 있는 포수였다.

멘탈이 약해 큰 경기에 위축이 되는 경향이 있었지만 말이다.

지금도 3할대 타율을 때리는 프레즈노의 5번 클린업 트리오 맴버였다.

지금의 윌리엄 나이대에 트리플A에서 주전으로 뛴다는 건 결코 쉽지 않았다.

"정말 걱정이야. 메이저리그에 올라가야 나중에 꼬맹이들 가르칠 때도 효과가 있는데 말이야⋯⋯."

잭은 진짜 야구를 사랑하는 사람 같아 보였다.

큰 키에 120킬로그램에 육박하는 육중한 체격.

야구 선수보다 슬러거가 더 어울릴 정도의 몸집이다.

덩치에 비해 배포가 크지 않다는 게 그가 갖고 있는 단점.

말투나 행동만 봐도 전투적인 성향의 성격은 아니었다.

대신 친절하고 정이 넘치는 남자였다.

쉬이이잇.

퍼엉!

스윽!

오늘 주심은 말보다 손짓이 과한 양반이다.

가볍게 오른쪽 손으로 허공을 가르며 스트라이크 사인을 보냈다.

'투심이군.'

아직 젊어 보이는 라스베이거스 피프티원스의 오늘 선발.

"와우!"

"오오! 95마일은 찍었겠는데?"

덕아웃에서 바라보는 투수.

그의 위력적 투구에 지켜보던 선수들이 감탄을 터뜨렸다.

메이저리그 선발감이라는 소리가 허튼 말이 아니었다.

"그래 봐야 루키야. 힘만 쓰다가 곧 자빠질 거라고."

찌익.

'추잡한 자식.'

더럽게 침을 찍찍 뱉는 선발 투수.

오늘 경기가 없어 여유가 넘쳤다.

하긴 이들만 그러는 것도 아니었다.

감독을 빼고 코칭스태프들을 비롯해 웬만한 선수들이 모두 틈만 나면 침을 찍찍 뱉었다.

우적우적.

풍선껌도 큰 걸 넣고 씹는 이들.

아작아작.

협찬을 받는 해바라기씨도 한 움큼씩 입에 털어 넣었다.

파바밧.

하지만 거친 행동과는 달리 눈빛은 상대 투수의 투구 패턴과 공의 궤적을 쫓았다.

휘이잇.

퍼엉!

휘이이잉!

"슬라이더가 멋진데~"

"클클, 프란시스코 헛방이질 하는 것 봐. 밥을 잘 먹으니 방망이질이 힘이 남아도는군."

"여기 오기 전에 여자 친구와 찐하게 밤을 보냈다는데… 젊음이 좋긴 좋아~"

1번 타자가 2구째 슬라이더에 속아 힘차게 헛방망이질을 하자 덕아웃에 웃음꽃이 피었다.

어제 맛본 승리.

아직 그 기분이 가시지 않은 이유도 있었다.

게다가 라스베이거스에 들어와 그럴싸한 패밀리 레스토랑에서 먹은 점심도 한몫하고 있었다.

내가 쏜 아침 덕분인지 점심은 오스턴 필립 패거리가 쐈다.

밥값도 굳고 오랜만에 제대로 된 식사를 한 선수들이 절로 흥이 난 것이다.

덕아웃의 분위기는 한층 살아났다.

다 먹고살자고 하는 짓이지만 원초적인 욕구가 채워져야 또 힘이 솟는 법.

쉬이잇.

퍼어엉!

"아웃!"

삼구 삼진으로 커브볼에 아웃을 당한 1번 타자.

심판의 아웃 소리가 힘차게 울렸다.

"오늘 힘들겠는데……."

잭 윌리엄이 입맛을 다시며 아쉬움을 보였다.

내 눈에도 우승이 쉽지 않아 보였다.

'콧대가 둥글고 귓불도 작아 간이 작다. 실력에 비해 큰 선수가 되기는 어렵겠어.'

나는 잭 윌리엄의 말투와 관상을 살폈다.

혼자서는 자신에게 주어진 몫을 다하기 힘들어 보였다.

하지만 누군가 함께 끌어준다면 충분히 밥값은 하고도 남아 보였다.

'귀인을 만나야 운이 터지겠어.'

귀인이라고 해봐야 다른 것도 아니다.

이생에서 하는 선한 행동을 보아하니 전생도 다르지 않을 것.

잭 윌리엄이 베풀었던 선행으로 좋은 결과를 얻은 이가 나타나 돕는다면 이번 생이 풀릴 것이었다.

"경기는 끝나 봐야 알겠지요."

"그래도… 저 자식 컨디션이 좋아 보여. 누가 나가서 한 방 조지면 모를까."

거침없이 말을 내뱉는 잭.

휘이잇.

퍼어어엉!

차근차근 경기는 진행되고 있었다.

잭이 말한 대로 상대 투수 데리 토빈은 프레즈노 타자를 우롱하고 있었다.

스트라이크 존에 공을 팍팍 꽂아 넣었다.

"……"

타자들의 연속적인 헛방망이질이 계속되었다.

차차 덕아웃 내 분위기도 가라앉기 시작했다.

다른 선수들보다 그날 경기의 선발 투수 능력이 승패를 좌우한다는 마이너리그.

오늘은 프레즈노에게 썩 좋은 날이 아닌 듯했다.

"아웃!"

"오! 데리, 오늘 컨디션 좋은데?"

"1순위로 선발된 녀석이잖아."

"그렇지. 위스콘신 대학교에서도 엄청났지."

"저 녀석 본다고 스카우터들이 엄청 몰렸잖아."

"나도 갔었어."

"자네도 갔었군."

"자네도 갔었잖아."

"안 가는 게 더 이상했지."

메이저리그 각 구단에는 수석 스카우터들 밑에 계약직 스카우터들이 딸려 있었다.

미국 각지에 퍼져 있는 엄청난 수의 고교 야구팀과 대학 야구팀.

수많은 야구팀에서 선수들을 발굴해 내기 위해서 발로 뛰는 이들이었다.

대부분이 한때 야구 선수였던 이들.

그 바닥을 떠나지 못하고 자신들의 꿈을 대신해 줄 유망주들을 찾는 게 그들의 일이었다.

캐시맨 필드 관중석 한곳에 앉아 있는 일단의 중년 남성들.

소형 스피드건을 하나씩 들고 뭔가를 열심히 기록하고 있었다.

추리고 추려진 마이너리그 선수들 중에서도 아직 발굴되지 않은 원석을 찾기 위한 그들의 끊임없는 노력.

트레이드를 통해 쓸 만한 선수 하나 육성하는 일이 생각보다 힘들었다.

그렇다 보니 대형 선수를 발굴해 낸 특급 스카우터들은 상당히 높은 연봉을 받았다.

선수 발굴뿐만 아니라 앞으로 싸우게 될 상대 구단 선수들의 능력까지 파악해야 할 스카우터들.

스마우팅 보고서까지 작성해 제출해야 했다.

능력과 약점까지 파악한 후 팀에 끌어들이거나 그 선수의 약점을 공약해 팀을 우승으로 이끄는 역할까지 하는 것이다.

지금도 뉴욕 메츠의 차세대 선발감인 데리 토빈에 관한 정보를 파악하는 데 여념이 없는 스카우터들.

서로 안면이 있는 이들끼리는 작은 정보를 주고받았지만 사실상 자신들만의 기준으로 선수를 파악하고 있었다.

그중에 뉴욕 메츠가 속한 동부 지구 라이벌인 애틀랜타 브레이브스 스카우터 톰 애클리.

그리고 필라델피아 필리스의 스카우터인 벤 영.

한때 마이너리그 선수였다가 이제는 생업 전선에서 뛰는 두 사람.

오고가다 만나는 정도의 친구 사이가 되었다.

야구계의 방랑자라 불리는 스카우터 생활 10년.

웬만한 스카우터들은 거의가 다 친구처럼 지냈다.

핫도그 하나씩을 물고 정보를 교환하며 대화를 나누었다.

투수뿐만 아니라 타자들도 눈여겨보고 있었다.

"프레즈노는 올해 맛이 갔군."

"승리에 대한 열정이 없으니 당연하지. 샌프란시스코 자이언츠 선수들도 돈을 따라 철새처럼 떠돌고 말이야."

"그래도 너무 심해. 저기 오스턴 필립이 곧 콜업될 거라는 데 패전 투수로도 아까워."

"형편없군. 구속도 그렇고 하체 밸런스도 영 아니야."

"기회를 잡아서 한밑천 땡겨야지. 성격도 별로라는데 이때 아니면 언제 돈 벌겠어."

어지간한 선수들의 성향은 이미 다 파악하고 있는 베테랑 스카우터들.

인생 좀 안다 싶은 오십대의 연륜답게 선수들 성품까지
다 꿰고 있었다.

"어제 대단했다는 K는 보기 어렵겠지?"

"그렇겠지. 4이닝부터 틀어막았으니 오늘까지 등판한다
면 문제가 되지 않겠어?"

"정말 구위가 그렇게 대단하대?"

"99마일 투심을 던졌다잖아."

"듣고도 못 믿겠어. 세상에 그런 루키가 하루아침에 어디
서 뚝 떨어진단 말이야……."

"며칠 쫓아 다녀보자고. 구단에서도 흥미를 느끼는 것 같
아."

"우리 구단도 그래. 빨리 스카우팅 자료를 내놓으라고 난
리야. 딱 하루 등판한 놈을 어떻게 파악해."

꿀꺽꿀꺽.

메이저리그에 올라갈 가능성이 가장 많은 트리플A 선수들.
스카우터들은 그들 한 명 한 명을 놓치지 않았다.

"포볼!"

"힘에 부친 것 같은데?"

라스베이거스 피프티원스의 선발 투수 데리 토빈이 연속
볼넷을 내줬다.

"7회 초까지 버텼으면 합격점이야. 3안타 무실점에 포볼

3개면 훌륭하지."

"문제는 프레즈노 타석인데… 3대 0으로 뒤지고 있는 이 시점이 마지막 반격 타임인데 말이야."

"오늘 8번 우익수 형편없군."

"3타수 무안타야. 에러도 하나 범했어. 메이저리그 로스터라는 녀석이 저렇게 형편없어서야……."

만담을 주고받는 듯한 두 스카우터.

전형적인 미국 중년 남성으로 배가 불쑥 튀어나왔다.

두 손은 바쁘게 맥주와 핫도그를 먹어치웠다.

"밥 감독 고민이 많겠어."

"올해 바닥을 기면 잘린다는 소문이 자자하던데……."

"연금 나오잖아."

흥미로운 눈길로 프레즈노 덕아웃을 바라보는 톰 애클리와 벤 영.

오늘이 마지막 승부처가 될 것 같은 예감이 들었다.

투아웃 이후 연속 볼넷을 내주며 흔들리는 데리 토빈.

여기서 승부를 내지 못하면 답이 없었다.

'정말 미치겠군.'

뻔한 승부처였지만 대타가 될 만한 녀석이 없었다.

자이언츠의 40인 로스터에 들어 있지만 슬럼프에 빠져

물방망이를 휘두르는 로저 카인.

평소 5번이나 6번을 치던 녀석이지만 지금은 8번으로 밀렸다.

게다가 오늘은 8번 밥값도 못했다.

"감독님……."

벤치 코치가 마리오 감독의 한마디를 기다리고 있었다.

누가 봐도 승부를 낼 수 있는 대타 타임.

원래 있던 우익수는 메이저리그로 불려간 마당이었다.

당장 기용 가능한 녀석이 없었다.

포지션을 변경하기에는 지금 수비진도 불안한 건 마찬가지였다.

그나마 없는 전력으로 버티고 있는 지금 상황.

"휴우우."

밥 마리오 감독의 깊은 한숨이 덕아웃에 퍼졌다.

"감독님!"

답답한 한숨이 덕아웃에 퍼지는 순간 뒤에서 마리오 감독을 부르는 목소리가 있었다.

"제가 나가겠습니다."

『마스터 K』 제19권에 계속…

FUSION FANTASTIC STORY
천성민 장편 소설

짐승의 규칙

『무결도왕』, 『다크로드 블리츠』
천성민 작가의 신간!

『짐승의 규칙』

살아야만 했다.
나를 위해 희생당한 부모님을 위해.
복수를 위해.

죽여야만 했다.
내가 살기 위해 타인의 목숨을.

그렇게……
나는 짐승이 되었다.

Book Publishing CHUNGEORAM

유행이 아닌 자유추구 -
WWW.chungeoram.com